フラワー・ベイビー

flour babies

アン・ファイン　墨川博子＝訳

評論社

FLOUR BABIES

by
Anne Fine

フラワー・ベイビー――目次

フラワー・ベイビー

天《あめ》が下のすべての事には季節があり
すべてのわざには時がある。

「伝道の書　三―一」

（『聖書　口語訳』日本聖書協会・一九九四年）

本文中の(　)内の小字は訳者による注です。

カバー装画・本文挿画
アンディ・バーガー Andy Boerger (office CoLorBox)
装幀
川島 進（スタジオ・ギブ）

第一章　理科、それとも家庭科？

　教卓《きょうたく》に腰《こし》をかけて足をぶらぶらさせていたカートライト先生は、新しく受け持つことになった生徒たちの不満げなざわめきをしばらく聞いていたが、ついに大声を張《は》りあげた。

「いいか。今、気がのらないっていうなら、それでもいい。休み時間にやることになっても、わたしはべつだん、かまわないのでね」

　先生にそう言われて、何人かはちょっとやる気をみせた。くわえていたペンを口から抜《ぬ》きとったり、窓《まど》ごしによそ見をするのをやめたりと。けれど、それでもまだ、クラスはだらけきっていた。まるで、クラスの半分は脳《のう》みそを家に置いてきてしまい、あとの半分の者には、もともと脳《のう》みそなんか入っていないかのようだ。

　これが、今年の四―Cのクラスである。なんともひどい生徒たちではないか。

　彼《かれ》らのことは、担任《たんにん》になる前からカートライト先生はよく知っていた。この二年間というもの、職員室《しょくいん》では「持てあまし者」とか「悪ガキ」とか言われ、先生たちからはすっかり見放されていた者たちなのだ。これよりまともな生徒たちは、例年どおり、キング先生とヘンダーソン先生のクラスに入れられた。そして、「学者」と呼《よ》ばれる優秀《ゆうしゅう》な生徒たちはというと、博士号を持つフェルサム先生のクラスへと引っぱられていった。優《すぐ》れた生徒が何かのまちがいで四―Cのクラスに入ってしまうということは、まずなかった。

一人の転校生が、後ろの席で静かに本を読んでいる。名前は、マーティン・サイモンだったか……。カートライト先生は、少し気を取り直した。新学期は始まったばかりである。クラスには、本を読める生徒が一人はいる。もっとひどいクラスを受け持ったことだってあったではないか。

「さあ、急ぐんだ。これに丸一日かかってはいられんぞ。あと一度だけ、ざっとテーマを説明するから、そのあと、君たちがいいと思うものに投票すること。ジョージ・スパルダー、投票用紙をくちゃくちゃ嚙《か》むのは君の勝手だがね、用紙はそれだけだからな。さあ、みんな、よく注意して聞くように」

先生はぐるりと後ろを向いて、黒板を軽くたたいた。そこには、フェルサム先生が四―Cのために選んでくれた、サイエンス・フェア（理科自由研究の発表展示会《てんじ》）のためのテーマが書かれていた。

服飾《ふくしょく》
栄養
家政《かせい》
児童発達
消費者研究

読めない生徒のために、カートライト先生は、大きな声でもう一度読みあげた。それまでのざわめきや、ささやき声、足をゆすったり、椅子《いす》をきしませたりする音——そのようなものを消し去ってしまうかのように、抗議《こうぎ》の声があちらこちらからあがった。

「そんなの不公平でーす、先生」

「つまんねえや」

「あれは理科っていうものじゃないですよ。そうだよな？」

「おれなんてさー、あの半分も、なんのことだかわかんないよ」と、ラス・マウルドがぼやくので、先生は、やさしい言葉で言い直した。

縫《ぬ》いもの
食べもの
家事
赤んぼうなど
節約

ラス・マウルドには、それでもわからなかった。

「『せちやく』？　『せちやく』ってなんだ？」

カートライト先生は、もうラス・マウルドは放っておくことにした。

「頼《たの》むから、協力してもらいたい。ひどくつまらない、と言うのはわかる。しかしだ、このテーマの中には、ほかのよりはおもしろそうだといったものが、何か一つはあるはずだ。どれでもいい。それを用紙に書き写しなさい。先生が読めるように、一文字一文字、順番どおり書いていくんだ。いいな、ラス・マウルド。さあ、これから用紙を集めにまわるぞ」

また、不平不満の声が、うねりのようにわきあがった。

「バッカみたいじゃん！」

「おれたちをさ、苦しめようとしてるんだぜ……」

「縫《ぬ》いものだって！　家事だって！」

「あのー、ちょっとすいません。サイエンス・フェアのぼくたちのテーブルは十四番なんですけど、見に来てください。すばらしい仕上がりのボタン付けなんです、ってか？」

「くそおもしろくもない、ほんとによーっ」

「きっと、ボタン付けがめずらしいんだな」

「だれにでもできるなら、なんで、わざわざやることあるんですか？」

「『せちやく』だってさ！」

クラスの不満をきちんとした言葉にしたのは、サジッド・マーマウドだった。

「そんなの不公平です。どれもこれも、本当の理科というものじゃないですよ。どうして〈カスタード・ソース缶《かん》の爆発《ばくはつ》〉なんか、やれないんですか」

すぐに、全員が、檻《おり》から解《と》き放たれたかのような騒《さわ》ぎとなった。

「そうだ！　あれはすごかったな！」

「すっごく、いいよな」

「フーパーんとこの兄ちゃんなんかさ、もう少しで自分の腕《うで》、燃《も》やしちゃうとこだったんだぜ」

「チョップなんか、眉毛《まゆげ》、片方《かたほう》焼いちゃってよ」

「生えてきたけど、ちがった形でやんの」

リック・タリスが、机《つくえ》をひっくり返すほどの勢《いきお》いで、身を前に乗り出させた。

「じゃなければ、石鹸《せっけん》をつくるのは、先生？」

「そうだ！　〈石鹸《せっけん》工場〉だ！」

「フラーのやつ、やせがまんして、自分のつくったもの、食ったんだぜ」

「八回も吐《は》いちゃってよ」

「お笑いだったよな」

「あの顔、見せたかったよ。ウジ虫みたいに青白くなっちゃってさ」

それを聞いたとたん、フィリップ・ブリュスターが元気いっぱいにさけんだ。

「そうだよ！　ウジ虫だよ！」

「〈ウジ虫の飼育場《しいくじょう》〉だ！」

「そうだ！　どうして〈ウジ虫の飼育場《しいくじょう》〉ができないんだ？」

「去年やったし、おととしだってやったよな」

「おれの母さんなんか、見向きもしなかったよ。吐《は》き気がするとかってさ」

「あのおっかねえフレッチャーが中心になってやったんだ」

「あいつさ、終わりのころには、ウジ虫にほとんど芸を仕込《しこ》んじゃったんだぜ！」

カートライト先生は首をふった。それがどんなものであれ、教育の場で生徒が盛《も》り上がりをみせているときに、そこに水をそそぐ真似《まね》をするのはつらかった。けれど、何事もはっきりとさせねばならないのだ。特に学校というところでは。

「ちょっと失礼するが、いいかな。サジッド、君はこの前の学期末試験の物理で、ひょっとして合格《ごうかく》点を取ったのかな」

サジッドは、ひどいしかめっ面《つら》をした。

「いえ、取りませんでした、先生」

「じゃあ、君は、リック。化学の試験に合格《ごうかく》したかね」

リック・タリスは、声を立てて笑い出した。去年、リックといっしょに化学を取った生徒たちも、みな笑ってしまった。カートライト先生は、フィリップに向き直った。〈ウジ虫の飼育《しいく》場〉のことを考えているフィリップの眼《め》は、まだきらきらとかがやいている。

「フィリップ、生物の試験はどうだった？」

フィリップは、顔をゆがめた。

「あきらめちゃって、試験、受けませんでした、先生。〇点」

先生は、ため息をついた。

「まあ、つまりはそういうことだな。まちがってこのクラスに来た、という生徒はいないようだ。残念ながらね」

突然《とつぜん》、後ろから、転校生のマーティン・サイモンの声があがった。

「先生、ぼくがそうだと思うのですけれど」

が、その場のなりゆきで、取りあってはもらえなかった。

「ま、そういうわけで、このクラスでは〈カスタード・ソース缶《かん》の爆発《ばくはつ》〉はできない。そういうのは、君たちにはとてもあぶなっかしくてやらせられないと、フェルサム先生が、安全で簡《かん》単《たん》な研究テーマを考えてくれたわけだ。〈カスタード・ソース缶《かん》の爆発《ばくはつ》〉は、物理の試験をパスした生徒がやれるということだな」

先生は、ふてくされた十八人の顔と、おもしろがっているような一人の顔をぐるりと見まわした。

「だれか、物理にパスした人は？」

転校生が手をあげた。ほかの生徒たちは身じろぎもしない。マーティンが後ろの席にいるため、みんなからはよく見えないでいるのをいいことにして、カートライト先生は気づかないふりをした。この場の盛《も》り上がりをだめにしたくなかったのだ。

「化学にパスした人は？」

マーティンはさっと手をあげたが、今度もまったく無視《むし》された。

「〈石鹸《せっけん》工場〉よさらば、ということだ。では、このクラスの生物の成績《せいせき》はどうだった？　だれか、うまくいったかな」

カートライト先生が聞くと、マーティンの手がふられた。まるで、泥沼《どろぬま》の上に生《お》い立つ一本の葦《あし》のように。しかし、先生は見ぬふりをした。これで三度目である。

「では、〈ウジ虫の飼育場《しいくじょう》〉もだめだ」と、きっぱり言ってから、先生は、チョークでよごれた大きな手のひらを広げてみせた。「おいおい、今になって注意を受けなかったとは言わせないぞ。スペンサー先生、ハリス先生、ドゥパスキュー先生、アーノット先生。どの先生も、一度ならずおっしゃっていた。『あの生徒たちには、何回となく注意したんですよ、一生懸命《けんめい》やらないと四―C行きになる、と』。でもって、君たちは、まさしくその四―C行きとなったわけだな」

「でも、頭が悪いんだから、しょうがないです」

ジョージ・スパルダーが言い返すと、カートライト先生はぴしゃりと言った。

「四―Cに入らなければならないほど生まれつき頭が悪いんだったら、とっくに病院で生命維《い》持装置《じそうち》のお世話になっているはずだ」

「じゃあ、ぼくたち、どうしてここにいるんですか。病院に入らないで」

カートライト先生は、聖書《せいしょ》の言葉を持ち出した。

「君たちはだな、『自らが種をまいたように刈《か》り入れ』をしているんだ。生まれつき頭が悪いというのではなく、一生懸命《けんめい》にやらなかったがためにここに来たんだからな。それではと、急いで投票してもらおう。さあ、何にする。被服《ひふく》、栄養、家政《かせい》、児童発達、あるいは消費者研究かな？」

グィン・フィリップスが言った。

「ぼくは投票しません。どれもこれも、みんなバッカみたいで」

先生も、内心もっともだと思ったので、これには黙《だま》っていた。けれど、「女のやることですよ、そんなのみんな！」と、ジョージ・スパルダーがさけんだときには、これは注意しなければ、という気になった。

「うぬぼれるんじゃないぞ。君たちがここでぶつぶつ言っているとき、全国の女子生徒たちは石鹸《せっけん》をつくり、ウジ虫を飼《か》い、カスタード・ソース缶《かん》を爆発《ばくはつ》させているんだ。化学、生物、そして物理を勉強しているんだ。なにしろ、試験に合格《ごうかく》したのだからな」

カートライト先生は、この騒《さわ》ぎに疲《つか》れてきた。早く終わらせたくなり、大股《おおまた》に教室を歩きまわってみんなをせきたて始めた。

「急ぎなさい、ロビン・フォスター。ぐずぐずしない、リック。どれに決まったって、君には関係ないんじゃないのかね。アーノット先生によると、君は、ろくに学校に来たためしがないそうだからな」

「ありがとう、タリク。みんな、タリクを見習うように。タリクはテーマを一つ選び、それを書き写した。きれいとは言えないが、ちゃんと読み取れる字でね。そして、その投票用紙をここに入れてくれたのだ。本当にありがとう、タリク。あっ、ありがとう、ヘンリー。しかし、用紙は弾《はじ》いて入れてくれなくともいい。ありがとう、ラス。ありがとう、マーティン。楽しんでもらえるといいんだがね、この……」

カートライト先生は口をつぐんだ。マーティンは、先生の言うことなど聞いていないのだ。耳をふさぐようにして机《つくえ》に頬杖《ほおづえ》をついていたこの転校生は、先生がまわってくると、ちょっと右手の人差し指を耳から抜《ぬ》き、きれいな文字で書かれた用紙をつまみ上げて、プラスチックの投票箱に入れた。その間、読んでいる本からまったく顔さえも上げない。とまどいながらも、先生は、静かにマーティンの両方の耳から指を引きはなした。

「何をしているのかね?」

さあ、少年もあわててしまった。

「読書です、先生」

「読書?　何を読んでいるのかね?」

「ボードレール(十九世紀のフランスの詩人)です」

先生は眼《め》を丸くした。

「ボードレールだって？」

このやりとりをほかの生徒たちが聞いていなければいいが、と、先生は教室をさっと見まわした。けれど、そんなことがあり得るはずはない。生徒たちは耳をそばだてて聞いていた。

「フランス語でかね、それとも英語でかね？」

先生は冗談《じょうだん》を言って、張《は》りつめている教室の空気をなごやかにしようとした。マーティンは真っ赤になった。先生は、自分のほうにその本の向きを変えた。

「フランス語か！」

「すみません」

と、マーティンはすぐに謝《あやま》った。先生はふうっと息を吐《は》いて、力を抜《ぬ》いた。

「いや、わたしもだ、君。わたしも悪かった」

しばらく、二人とも黙《だま》ったままだった。先生が口を切った。

「で、君は何をぐずぐずしているのかね。本をかばんにしまって、出ていきなさい」

マーティン・サイモンは、おどろいて先生を見上げた。

「行けって、どこへでしょうか、先生？」

「どこへでもだよ。君のような生徒なら、自分の好きなように選べると思う。キング先生のクラスでもいいし、ヘンダーソン先生のクラスでもいい。どちらの先生も、きっと喜んで君をむかえてくれるだろう」

「でも、どうしてでしょうか」

カートライト先生は、いかにも打ちとけた様子でマーティンの机《つくえ》の端《はし》にその大きなお尻《しり》をのせた。知能《ちのう》の高い子どもにしては、頭の回転はあまりよくないなと思いながら。

「いいかね、君のクラスはここではない。まず、君は字が読める。たったそれだけだって、君はすぐ、ここから出ていかなければならないほどだ。その上、君はフランス語まで読めるときている」

じっと様子を見守っている生徒たちに向かって陽気に手をふってみせてから、先生は説明を続けた。

「このクラスでは、たくさんの言葉が使われる。まず、わたしはかっとなりやすい。そのときの言葉は、ふだんとはちがう。次に、この地方特有のいろいろな訛《なま》りというものがある。そして、タリクだ。聞くところによると、インドの三つの方言を使えるそうだ。しかしだな、フランス語のできる者はだれもいない。だれもだ」

カートライト先生は腰《こし》を上げた。

「残念だがね、君はこのクラスを出ていかねばならない」

ある考えが、さっとよぎった。

「そうだった、君は理科の全部の科目の試験に合格《ごうかく》しとるんだったな。フェルサム先生のクラスをあたってみてもいいな。君はあのクラスに入れるかもしれんぞ」

ようやく、マーティンにも事情《じじょう》がのみこめたようだった。立ち上がると、持ち物をかき集めて学生かばんに入れ始めた。残念だな、というような表情《ひょうじょう》が少年の顔にうかんでいるのを、先生は見てとった。

「わたしも残念だよ、君。しかしまあ、信じたまえ。こうするのが一番なのだ。このクラスは君にはふさわしくないのだから。きっと何かのまちがいだな」

マーティン・サイモンは、こくりとうなずいた。

「事務《じむ》室で聞いてみなさい」

ドアまで送り出しながら、先生はアドバイスをあたえた。

「事務《じむ》のほうのまちがいだ。君のクラスはここではない、と言ってな」

廊下《ろうか》を歩いていくマーティンを見送っていた先生は、名残《なごり》おしそうに声をかけた。

「じゃあな、君。うまくやりなさい」

ばたんと教室のドアを閉《し》めた。すると、先生の顔は厳《きび》しいものになった。

「よし！　サジッド、そのスカーフはしまいなさい。何を食べているんだ、ルイス・ペレイラ。

口の中のものはごみ箱に出すんだ。いいか、どのくらい時間をむだにしたと思うんだ。さっき言ったはずだ。ベルが鳴るまでにテーマを決めてしまうと」

このクラスでなければ、時間どおりに終わっただろう。けれど、計算のできない生徒を票の集計係にしてしまったり、「先生、リックの票は無効《むこう》です。学校に来ないんだから」というように、どの集計の仕方にも文句《もんく》が出たりと、かなり手間取ってしまったのだ。ロビン・フォスターとウェイン・ドリスコルは、ベルが鳴るのを待ちかまえている。ストップウオッチでも持っているかのように片手《かたて》を上げ、笛でもくわえているかのように口をすぼめていた。

そろそろ時間だ……。

と思ったとき、教卓《きょうたく》に腰《こし》をかけていたカートライト先生は、ずるっとすべり落ちてしまった。「老《お》いぼれカートホース（荷車を引く馬）」などと陰口《かげぐち》をたたかれるのもうなずける。

「静かにしなさい！」

先生はどなった。ざわめきが、ぴたっとしずまった。

「これまでだ！　もうたくさんだ！　ベルが鳴るというのにまだ決まらないで、ああだこうだと言っていて……。いいか。今から教室で音を立てた者が、どんな音でもだ、この投票箱に手を突《つ》っこんで投票用紙を一枚《まい》引き抜《ぬ》くこと。そして、そこに書かれているテーマで決まり、ということにする」

クラスは、しーんと静まり返った。男子生徒が裁縫《さいほう》、料理、家事などにどんな興味《きょうみ》を持っているかさぐるため、フェルサム先生はひどいテーマを考えついたものだ。そんな中から選んだが最後、たとえどれを引き当てても、三週間、なんだかんだと言われる羽目になるだろう。低空飛行ばかりしているできの悪い生徒たちだったが、そういうことについては実によくわかるのだ。みんな、息さえ止めているようだった。カートライト先生には、外の雨どいでさえずっている鳥の声まで聞こえた。

そのときだった。なんの前ぶれもなしに、その呪縛《じゅばく》が解《と》けたのだ。突然《とつぜん》、教室の後ろのドアがドンとすさまじい音を立てたかと思うと、ドアの取っ手がガチャガチャと鳴り、羽目板がブルルルと振動《しんどう》した。のっそりとした、大きな生徒が入ってきた。みんなは歓声《かんせい》をあげた。

「やあ、まぬけづら！」

「最後に来たやつが大けがするのさ！」

「サイム！　席、取っといてやったぞ！」

「やっとおれたちをさがし当てたのかよ、この大バカやろう！」

「どうしようもないぜ、サイモン・マーティン」

サイモン・マーティン……、マーティン・サイモン……、そうだったのか。

カートライト先生は、いつものように、教卓《きょうたく》の上によいしょと腰《こし》を下ろした。それで説明がついた。簡単《かんたん》なことだ。ただの事務的《じむ》なまちがいだったのだ。

マーティン・サイモン……、サイモン・マーティン……。

クラスは大騒《おおさわ》ぎとなっていたが、しばらくそのままにしておくことにした。

「今まで、どこに行ってたんだよ、サイム？」

「まいったよ」入ってきた生徒は自慢《じまん》げに答えた。「フェルサム先生のクラスさ」

「フェルサム先生の？」

大爆笑《だいばくしょう》が起こった。カートライト先生でさえ、口もとがほころんでしまった。この図体ばかり大きい、ぼんやりとした少年が、フェルサム先生のクラスの優秀《ゆうしゅう》な生徒たちの中で、一人ぽつねんとしている様子を思いうかべたのである。

「おれ、このクラスじゃないって言ったんだよ。あの先生、聞くと思う？　聞かないんだよな。やっぱまちがいで、よそのクラスに入れられたっていう、くそまじめなやつがやってきて、それでやっと助かったんだけど。でも、そのときだって……」

話が自分の腹《はら》が立ったことへとどんどん脱線《だっせん》していくようなので、先生は、やめさせようとプラスチックの投票箱を突《つ》き出した。

「一枚《まい》、取りなさい」

話の腰《こし》を折られ、ひどく不満げなサイモン・マーティンは、さぐるような態度《たいど》となった。

「なんですか、これ」

「一枚《まい》取るだけだ。さあ」

先生は、厳《きび》しく命令するように言った。サイモンは手を伸《の》ばし入れ、たまたま一番きれいに書かれている用紙をつまみ上げた。

「なんと書いてあるかね」

と聞かれ、サイモンは眼《め》をこらして、しばらく見つめた。太い毛虫のような眉《まゆ》をひそめている。みごとなマーティンの字なのだが、よく読めないのだ。

「ジ……ジ……ジドウ、ハツ……タツ」

突《つ》っかえ突《つ》っかえ読みあげた。

「発達だ」

と先生は、クラスが大騒《おおさわ》ぎになる寸前《すんぜん》に、なんとか読み方を訂正《ていせい》した。

「それって、赤んぼうのやつだよな？」

「赤んぼうのことなんて、やりませんよ、先生！」

「女のやることだよ、それってさ！」

「もう絶対《ぜったい》、学校になんか来ないぞ！　とにかく、それが終わっちゃうまでは！」

「うらむぜ、サイム！」

「それは、理科なんていうもんじゃありませんよ。ひどいです」

「おい、サイム。やり直せよな！」

先生は、急いで、投票箱をごみ箱の上で逆《さか》さに開けた。中に入っていた残りの用紙は、すべてひらひらと落ちていき、さっきルイス・ペレイラが吐《は》き出したものといっしょくたになってしまった。

カートライト先生は、フェルサム先生の分厚《ぶあつ》いサイエンス・フェアの手引書をぱらぱらとめくり始めた。ああ、なんてことだ。こんなやり方で新学期をスタートさせねばならないとは！どうしてあの男は、よその学校がやるように、サイエンス・フェアの計画を学期の最後、クリスマス休暇《きゅうか》の二週間前ぐらいにもっていけないのだろう。そのころまでなら、四―Cのようなクラスでも、おとなしく、あつかいやすくなっているというのに。そこが、フェルサム先生のように熱意をもって物事を運ぶ人たちの困《こま》ったところなのだ。そういう連中ときたら、他人の都合などにはまるっきりおかまいなしなのだから。

やっと目指すページを見つけた先生は、競技《きょうぎ》の優勝者《ゆうしょうしゃ》でも発表するかのように、もったいぶった調子で読みあげた。

「さて、このテーマのために、フェルサム先生が選ばれたプロジェクトとは……」

ここでちょっと切って、先生はみんなを見まわした。まだなんとも言っていないのに、もうすでにうんざりした顔、顔、顔が、先生を見返している。

「フラワー・ベイビー！」

「えっ？　なんて言いました？」

「フラワーって、花のフラワーですか。それとも小麦粉のフラワーですか」

「どっちにしろ、とんでもない代物《しろもの》みたいだぞ」

「なんなんですか、それって？」

「とにかく、本当の理科ってもんじゃありません」

カートライト先生も、心中はみんなと同じ意見であった。そこで、そのページをもう一度見直した。まちがいであろうか。また事務《じむ》的なミスか。いや、ちがう。ペンキでも使ったようにくっきりと書かれている。〈フラワー・ベイビー（flour baby＝小麦粉の赤んぼう）〉と。

正しいのだ。

先生は、手引書をバシッと机《つくえ》にたたきつけた。なんであれ、今はその説明を読んでいる時間はない。もうウェイン・ドリスコルは、ピーッと笛でも吹《ふ》こうとしているかのように頰《ほお》をふくらませ、ストップウオッチでもにぎっているかのように手をふってみせている。

そして、案の定、ベルが鳴った。

カートライト先生のクラスでは、授業《じゅぎょう》を終わりにするときにいつもとり行われる、短い儀《ぎ》式《しき》のようなものがある。今日の犠牲者《ぎせいしゃ》、つまり最初に席をはなれる者はだれか。ビル・シモンズであった。

「あ、君、ビル・シモンズ。授業《じゅぎょう》が終わったとだれが言ったのかね。自分の席にもどりなさい」

「でも、先生。先生！　ベルは鳴りました」

「ベルはね、わたしのために鳴ったのだよ、ビル。君のためではない」

とはいうものの、先生は気がのらなかった。今日はやめておこう。実のところ、ほんの少しでも早く生徒たちを追い出したかった。ラス・マウルドがいつでも大脱走《だいだっそう》できるように、椅子《いす》から二十〜三十センチも腰《こし》をうかせているのにも、気づかないふりをした。

「よろしい。では、行きなさい」

生徒たちは、われ先にと体当たりするようにドアに向かった。考えこむカートライト先生を一人残して。

フラワー・ベイビー、小麦粉の赤んぼうだと……。いったい、なんなんだ？

第二章　今までで最高のプロジェクト？

サイモン・マーティンは、職員室《しょくいんしつ》に入るドアの脇《わき》に並《なら》んでいる椅子《いす》に、だらしなく座《すわ》っていた。朝礼で態度《たいど》が悪かったので、職員室《しょくいんしつ》に行かされたのだ。まだ四分しか待っていないのだが、もうたいくつで、がまんできなくなっていた。

そこで、口笛を吹《ふ》いた。すると、職員室《しょくいんしつ》に入りかけていたアーノット先生に注意された。それならと、足でタップをふんだ。すると、職員室《しょくいんしつ》から出てきたヘンダーソン先生に注意された。最後に、舌《した》を使っていろいろな音を出していると、通りかかったスペンサー先生に、またしても注意された。

もう本当に、何もすることがなくなってしまった。

けれど、一日じゅう何もしないで座《すわ》っていることなど、サイモンにできるはずがない。

ドゥパスキュー先生が職員室《しょくいんしつ》から出てきたときには、サイモンはもう、ちがうことを考え出していた。背後《はいご》で職員室《しょくいんしつ》のドアがばたんと閉《し》まる寸前《すんぜん》に、その長い足をそっとすべりこませ、踵《かかと》でドアにすきまをつくったのだ。

サイモンが悪いわけではない。朝礼がつまらなくて先生の話を聞かず、その場で名指しでしかられるような生徒なのだ。これをおとなしく待たせておくには、口笛、足ぶみ、舌打《したう》ちぐらいは大目にみてやればよかったのだ。

サイモンは、よく盗《ぬす》み聞きできるところに腰《こし》をすえると、いかにも廊下《ろうか》を見ているように顔を右に向け、細長いドアのすきまをうかがった。目の端《はし》で職員室《しょくいんしつ》の中が見てとれる。ちょうど老《お》いぼれカートホースが、興奮《こうふん》のあまりよろめくようにして、がなりたてていた。

「ちょっと、これは信じられませんな。まったくもって信じられない。まじめに言っておられるわけですか。先生の考えられた児童発達のプロジェクトとは、まさしく六ポンド（約三キログラム）の小麦粉をつめこんだ布《ぬの》ぶくろだ、と。そしてそれを、わたしのクラスのどうしようもない者どもに一ふくろずつあたえるのだ、と」

「あたえるのではない、エリック。貸《か》すのだよ」

「あたえる……？　貸《か》す……？」

カートライト先生は、絶望的《ぜつぼうてき》なジェスチャーよろしく、両腕《りょううで》を高々と上げた。

「どっちにしろ、同じようなものですよ、あの連中にかかったら。四—Cの生徒が手にしたら最後、石だってくだいてしまうんですからな。ましてや六ポンドの小麦粉のふくろなぞ、どうなるかわかったもんじゃない！」

ドアのすきまから、フェルサム先生のもどかしげな顔が少し見えた。

「六ポンドではない、エリック。三キロだよ。グラム法で言ってほしいな」

「これはこれは……。グラム法を使うべきかどうかは、あとでゆっくり考えるとして……」

と、うなるようなカートライト先生の声が聞こえてきた。

「正直言って、先生は頭がどうかしてらっしゃるようですな。いいですか、今学期、四―Cには十九人の生徒がいる。十九かける六で、百三十三ポンドだ」

「百十四ポンドだ」

フェルサム先生は、がまんできずに訂正《ていせい》した。

「はっ？　なんですと？」

いらついたカートライト先生のこの言葉を、フェルサム先生は、かけ算についてのまじめな質問《しつもん》かとかんちがいした。

「思うに、まちがって、六でかけるところを七でかけてしまったのではないかな。このような誤《あやま》りの場合、論理《ろんり》的にはそれしか考えられないからね」

こういう「数」の話には興味《きょうみ》がないサイモンは、踵《かかと》を引いてドアをぴったりと閉《し》めようとした。そのときだった。カートライト先生のよろめくような姿《すがた》がまた細長いドアのすきまから見え、どなり声がひびいてきたのは。

「百二十いくつとか、百十いくつとか、それがなんだっていうんですか！　どっちにしろ、百ポンド以上の白い小麦粉が爆発《ばくはつ》するんですよ。わたしの教室で！」

廊下《ろうか》で聞いていたサイモンの顔は、うれしさでかがやいた。本当だろうか。百ポンドの白い小麦粉？　爆発《ばくはつ》？　教室で？　それは、無上の幸福と歓《よろこ》びというものだ！　それならば、学校に来る価値《かち》はある。低すぎる机《つくえ》で膝小僧《ひざこぞう》をすりむいたり、先生の小言《こごと》を聞いたり、たいくつでうんざりする学校だが、それでも来る価値《かち》はある。

なんせ、百ポンドの白い小麦粉なのだから。

バァーン！

サイモンには見えたのだ。小麦粉の吹《ふ》きだまりが！　小麦粉の山が！　小麦粉の雲が！　小麦粉は膝《ひざ》まで深く教室に積もっている。小麦粉の雨が降《ふ》る。小麦粉は窓《まど》からパァーッと吹《ふ》き飛び、ドアからサァーッと流れ出ていく。

そのあまりにも白くすばらしい世界に酔《よ》いしれたサイモンは、フェルサム先生がプロジェクトの内容《ないよう》を説明しているのを、すっかり聞きもらしてしまった。

「まったくの見当ちがいだよ、エリック。君が言っているのは〈カスタード・ソース缶《かん》の爆《ばく》

発《はっ》〉であって、〈フラワー・ベイビー〉はちがう。〈フラワー・ベイビー〉のほうは、親子関係というものの実験にすぎない。生徒は三週間の間、いつも自分のフラワー・ベイビーの世話をし、日記をつけ、自分の問題点や態度《たいど》などを記録するというものでね。どんな結果が出てくるか、まったくもっておもしろい。生徒たちが自分自身について、あるいは親というものについて何を学ぶか、興味《きょうみ》をそそられるね。非常《ひじょう》にやりがいのある研究だ。君はといえば、そのなりゆきを見守っていればいいのだよ」

サイモンが耳にしたのは、最後の言葉「なりゆきを見守って」だけであった。けれど、その結果はもう現《げん》に見ているのだ。バァーン！　きのこ形の粉の雲が上がり、刑務所《けいむしょ》のようにいやでたまらない教室が、あとかたもなく消えてしまう。白い雪のようにきらめくその美しい光景を夢想《むそう》し、サイモンの気持ちは高まっていった。

そして、やっと現実《げんじつ》に立ちもどったときには、カートライト先生が、この一風変わった研究テーマを取りやめにしようと必死になっていた。

「ヒグハム先生の実験室で、何かやらせられないですかね」

それまで黙《だま》っていたヒグハム先生が、迷惑《めいわく》そうな声をあげた。

「エリック！　わたしの実験室はごたごたしていましてね……。サイエンス・フェアなんですよ！　いいですか。勾配《こうばい》の実験のための傾斜《けいしゃ》した板が設置《せっち》されているし、四―Fのクラスの電気警報《けいほう》システムのための家の模型《もけい》がある。サーミスター動力扇風機《せんぷうき》の基部《きぶ》はまだつくり始めてもいないし、双発型《そうはつがた》の電力発電所の骨組《ほねぐ》みもまだなんです。ウジ虫の飼育《しいく》場だって、少し修理《しゅうり》が必要ですしね。そうじゃないと、そこらじゅうウジ虫だらけになってしまうんですよ」

ドアのすきまからは、両手を広げていきまくヒグハム先生がちらっと見えた。

「悪いが、エリック、今のこの時期、君のところの連中を実験室に入れるわけにはいきませんね。この前だって、リック・タリスが実験室を出るところを身体検査《けんさ》したら、わたしのドライバー四本をパンツの中にかくし持っていたんですよ。四本も。それからですね、サジッド・マーマウド。あの生徒が木製《もくせい》の飛行機を見つめていると、どういうわけだか、プロペラがはずれてしまうんです。申しわけないですがね、エリック、とても無理ですよ」

このまたとないすばらしい研究テーマを、カートライト先生がつぶそうとしている。サイモンは、ひどく腹《はら》が立った。そのため、今やかわいそうなほどに打ちひしがれた先生の声の調子に、サイモンはまったく気づけなかった。

「覚えておきましょう」と、カートライト先生は言った。「次に君たちの中でだれかが困《こま》り果てたときには、しっかり今度のことを思い出すことにしますからな！」

その声がドアに近づいてきたので、サイモンはそっと踵《かかと》を引きもどした。

「百十四ポンドの白い小麦粉だ！　わたしの教室で！　そんなにもたくさん！　それなのに、

君たちのだれ一人としてわたしを助けようともしない。だれ一人もだ。このことは忘《わす》れない。絶対《ぜったい》に、忘《わす》れませんからな」

サイモンがすばやくドアを閉め終《し》えたちょうどそのとき、カートライト先生が、ドアの取っ手をもぎ取るようにして勢《いきお》いよくドアを開けた。

「何をしているんだ、こんなところで？」

「職員室《しょくいんしつ》に行けって言われたんですよ、先生」

「よし、今からちがうことを言う。行け、教室にすぐもどるんだ」

「はい、先生」

いつものようにサイモンは身をかがめると、必要もないのにゆっくりと靴《くつ》ひもをほどき、また結び直した。このちょっとした反抗《はんこう》的なしぐさでカートライト先生ににらまれることになったが、サイモンは、べつだん後悔《こうかい》はしなかった。そのおかげで、二人は、職員《しょくいん》室内の話し声をしっかりと聞くことができたのだから。

「彼《かれ》ときたら、また計算ちがいをやらかしたね。今度のは、七でかけたにちがいない。実に奇《き》妙《みょう》だね、あの暗算の仕方は」

これでカートライト先生と自分とは勝ち負けなしだ、と悦《えつ》に入ったサイモンは、ずっこずっことだらしなく、長い廊下《ろうか》を歩き始めた。先生もまた、ふらふらした足取りでそれに続く。

サイモンを先に立たせて歩きながら、カートライト先生は考えにふけった。どうすれば一番いいのだろうか。あのとき自分は、きっぱりとした態度《たいど》で言ったのだ。とにかく、次に音を立てた者が研究テーマを選ぶのだと。そしてサイモンが、〈フラワー・ベイビー〉を引き当ててしまったのだ。しかし、どうみても、あのとき、サイモンが乱暴《らんぼう》この上ないやり方でドアをこじ開けて入ってきたのは、まったくの偶然《ぐうぜん》だった。わざとではなかった。ただ、ごく自然に、ゴリラがやるように、ドアを開けただけなのだ。

無理してまで、自分の言ったことにこだわることはない。

もう一度、選び直させることだってできるのだ。

やっと元気になったカートライト先生は、足を速めた。解決策《かいけつさく》を考えていたので、サイモンに遅《おく》れてしまっている。かなりの遅《おく》れであった。一足先に教室に飛びこんだサイモン・マーテインが、息せき切って大声でみんなに知らせたことを聞けなかったのだから。

「〈フラワー・ベイビー〉ってさ、あれ、すっごく、いいぞ！　石鹸《せっけん》よりも、ウジ虫よりもだぜ。今までの理科のプロジェクトの中では、最高だぞ！」

一瞬《いっしゅん》後に、今やものすごい騒《さわ》ぎとなっている教室へ、カートライト先生は身を突《つ》っこむようにして入ってきた。先生は、なぜみんなが騒《さわ》いでいるのかは気にもとめないで、教卓《きょうたく》の上に座《すわ》る。そして、みんなをなだめすかすようにして話しかけた。

「さてと、みんな。わたしはものわかりのいい人間だ。よく考えてみるとだな、サイモン・マーティンがドアを開けるときに立てた音のことで、みんなが苦しむことはないんじゃないかな。いつか、もう少し時間があるときにでも、サイモンには校則《こうそく》とドアの開け方について注意することにして、今はだな、前に決めたことはやめて、もう一度サイエンス・フェアのテーマについて話し合おうと思うのだがね」

サイモンは、歯をくいしばりながら、するどく息を吸《す》いこんだ。ふだんは先生の言うことなどよく聞きもしないサイモンだが、こと先生が何かをたくらんでいるときは、それがどんな形であれ、すぐにわかるのだ。

「口のうまい老《お》いぼれめ！」

サイモンは、となりの席のロビン・フォスターに苦々《にがにが》しげにささやいた。

「あいつ、うまいこと言って〈フラワー・ベイビー〉をぶっつぶそうとしてるんだぜ。あれって最高だからさ」

いつものように、ロビンは、このことをとなりの席の生徒にささやく。となりは、そのとなりに。そして、そのとなりもまた……。ささやき声は教室じゅうをすばやくかけめぐっていった。先生が明るく笑いかけて、「さあ、〈被服《ひふく》〉が好きな者はいるかな？」と尋《たず》ねたときには、みんなこぞって、それぞれのやり方で反対しようとしていた。

「縫《ぬ》いものか！　そりゃいい！　待ってろよな、フォスター！　一年のときの借りを返すからよ。縫《ぬ》い目をほぐすあの先のとんがったピッカーで、めっぽう刺《さ》された借りがあったんだよな」

「おれがさ、顔にピン五十本刺《さ》したまま授業中《じゅぎょう》ずっといられるかどうか、賭《か》けてみないか」

「タリクがミシンをぶっこわすほど速くかけられるかどうか、賭《か》けようぜ」

「ナチスの旗、つくっていいですか。お願いしますよ、先生」

「〈被服《ひふく》〉なら、染色《せんしょく》もできるんですよね」

「うん、そうだ、先生！　あらっても落ちない、すごくいい染料《せんりょう》があるんですよ。絶対《ぜったい》にあらい落とせないのが」

内心、カートライト先生は身ぶるいした。

「こうしよう」と、先生はほがらかに持ちかけた。「〈被服《ひふく》〉はやめにしようじゃないか。代わりに〈消費者研究〉でいってみるか」

けれど、生徒たちは、このテーマが取り上げられるのを待ちかねていたのである。

「いいぞ！　いいぞ！」

「前に〈消費者研究〉をやったことあります。すごくよかったです。あのとき、八つの缶《かん》のそれぞれに煮豆《にまめ》がいくつ入っているか数えなくてはならなくて、ぼくたちのチームは勝ったはずなんです。もし、ウェインがあんなにがつがつ煮豆《にまめ》を食べなければ」

「それと、〈キャンディーの味と値段《ねだん》〉だって、本当なら勝ったんです。だけど、タリクのやつが、口の中のキャンディーを、フィルに向かってぺっぺっと吐《は》きかけてばっかりいて……」

こんな手ぬるいやり方ではカートライト先生の考えを変えられない、とサイモンは思った。〈フラワー・ベイビー〉をやるしかないように自然にもっていくには、だれかがガンガン大型の銃《じゅう》を撃《う》ちまくらねばならない。

「先生は店には行かなくてもいいんですよ、〈消費者研究〉では」

と、サイモンはそれとなく、先生を脅《おど》かした。

するとあとは、とんとんびょうしにうまくいった。

「そうだった！　あのとき、ぼくたちの中で学校にもどったのは、四人だけだったんだよな。気の毒だったよ、ハリス先生。すごい発作《ほっさ》、起こしちゃって」

「それでさ、ラスなんか、もう少しで車にひかれそうになってさ。笑っちゃったよな」

「運転手が車から飛び降《お》りてきて、ラスがだいじょうぶだとわかったら、ラスのこと、なぐったんだぜ」

「車のバンパーがへっこんじゃったんですよ、先生。でも、ぼくのせいじゃなくて、ルイスに押《お》されたんで」

「ルイスは女の子を追いかけてたのさ」

ルイスは、自慢《じまん》げにみんなを見まわした。

「モイラに会ったんだよな。ちがったっけ？」

モイラと聞くや、そうだ、そうだったと、動物じみた声がわきあがった。カートライト先生は、クラスに背中《せなか》を向けた。経験的《けいけん》にわかるのだが、女子の名前が出ると、いかがわしいジェスチャーがどっと交《か》わされるのだ。先生は、強《し》いてそういうものを目にしたくはなかった。

とにかく、生徒たちに商店をまわらせるというこのテーマの主旨《しゅし》がわかり、すっかりやる気をなくした。なぜ、学校というものがつくり出されたのか。疑《うたが》いもなくそれは、絨毯《じゅうたん》を買うよい方法、というような実際的《じっさい》なことより、もっと高尚《こうしょう》なことを若《わか》い心にそそぎこむためなのだ。

まったく先生は、今のこの時代の低俗《ていぞく》さにはついていけないでいた。

黒板消しを手に取ると、大きくサーッ、サーッと二なでして、〈被服《ひふく》〉と〈消費者研究〉の文字を黒板から消した。

「〈家政《かせい》〉はどうかな？」

バカにしたようなわめき声が、教室にこだました。

「よし、中に入って遊べるおもちゃの家！」

「ままごとだ！」

「まあ、何やってるのよ！　それでお皿をふかないでちょうだい！　それ、今、トイレの掃除《そうじ》に使った雑巾《ぞうきん》なのよ！」

「雨が降《ふ》ってきたら、洗濯物《せんたくもの》を取りこむのよ。じゃないと……、じゃないと、洗濯物《せんたくもの》が濡《ぬ》れちゃうでしょ！」

「みんな、君たちがつくり上げた話だな」

と、カートライト先生は厳《きび》しく言った。といって、先生も、あまり〈家政《かせい》〉についてはよくわからず、これといったことも思いうかばなかった。

先生は、ごしごしと〈家政《かせい》〉も黒板から消して、念を押《お》した。

「わかってるね。残っているのは〈赤んぼう〉と〈食べもの〉だけなんだぞ」

こういうふうに言えば、絶対《ぜったい》〈食べもの〉で決まるはずだった。とにかく、目の前にいるほとんどの生徒たちときたら、一日の半分は一生懸命《けんめい》に口に何かをつめこんでいるのだから。授《じゅ》業《ぎょう》中でも、やれ飲みこめ、やれ口から出せ、やれ紙にくるんでおいて休み時間に食べろ、というふうに、いちいち指図しなければならないのだ。授業《じゅぎょう》中食べものを禁《きん》じられている生徒たちは、家に帰れば、さぞがつがつと食べることだろう。

ところが、そうはいかなかった。

「〈栄養〉は前にやったことがありますけど、食べものとはぜんぜん関係ありませんでした」

「ただ、書くだけだった」

「レシピ（料理の材料や調理法を書いたもの）を選んだり」

じっと考えこんでいたウェイン・ドリスコルは、やっとの思いで、一年のときにたまたま覚えた言葉を口にした。

「バランスのとれた食事です、先生」

「歯がぐらぐらしている二人のじじいの朝食には何がいいか、とか」

「すっごーく、つまらないんです」

「料理はしないんです」

「ただ、表や材料を見てるだけ」

カートライト先生は、とまどった。生徒に使わせないのなら、どうしてあんなに税金《ぜいきん》を使って、広々としてぴかぴかがやく調理室を全国の学校でつくるのだ。

「少しは料理したはずだぞ」

と、先生は強い調子で言った。

サジッド・マーマウドが、人をぎょっとさせるような、ひどいしかめっ面《つら》を先生に向けた。

「たった一度だけ、料理しました」と、サジッドは言った。「でも、料理は採点《さいてん》されてから、フォークでガリガリッと食器からかき出して、ごみバケツの中に捨《す》てました」

「そうだろうな。しかし、なんとも、もったいない」

「ぼくは、あの料理を食べられなかったんです。肉入りシチューだったんです。ぼく、肉を食べることは宗教《しゅうきょう》で禁《きん》じられてますから」

「何か、ちがうものをつくれなかったのか」

「どうして、そうできるんですか？　だれも、あれを食べるということ、言いませんでした！　だれも、あれのこと、ぜんぜん口にしなかったです。ウェインが言うように、バランスのよくとれたのとか、ビタミンが豊富《ほうふ》なのとか、そういうこと、ずーっとやってたんです！　でも、あの料理が好きかとか、あれを食べるんだとか、そういうこと、だれも、絶対《ぜったい》に言いませんでした！」

　サジッドは、猛《たけ》りくるったように不満をぶちまけた。

「それなのに、食べなかったからって、あの意地の悪い老《お》いぼれが、Bだったぼくの成績《せいせき》をFの落第点にして、ぼくにあのごみバケツをあらわせ……」

「ほかの者はどうかな？」

　と、カートライト先生はさえぎった。そして、うまくもっていって、サイモンに責任《せきにん》から逃《のが》れるチャンスをあたえてやろうとした。というのは、サイモンには、偶然《ぐうぜん》にも一番ひどい研究テーマを引き当ててしまった、という責任《せきにん》があるのだ。

「君はどうかね、サイモン。〈料理〉のほうが好きなんじゃないかね」

サイモンは、いやな顔をした。

「いえ、ちがいます」

「本当かね」と、先生はあくまでもねばった。「君のような育ちざかりの者には、好きな材料を使って、変わった料理をつくるのもいいんじゃないのか」

けれど、サイモンには、素直《すなお》に言うことを聞くつもりなどなかった。また、クラスのみんなが、あのいやな経験《けいけん》を忘《わす》れて、先生の誘《さそ》いにのるような真似《まね》をさせたくもなかった。

「料理実習をやるまでが、すごく長いんですよ。その前におなかをすかせて、気絶《きぜつ》して、死んでしまうほどでした。最初、ぼくたちは、何週間も何週間も、どういうふうにオンス（重さの単位。一オンスは約二十八グラム）をグラムに変えるかを勉強して、次にまた、何週間も何週間も、グラムをオンスに変えるのを勉強して……。それから、繊維《せんい》を食べることについてうるさく言われ……」

「食物繊維《しょくもつせんい》のことだな、それは」

「べつに、どっちでもいいけど」と、サイモンは、先生の言ったことを無視《むし》した。「とにかく、ぼくたちが調理室に行けたのは、その期間中たったの二回だけだったんですよ」そして、苦々《にがにが》しげに言い足した。「そして、そのうちの一回は、授業《じゅぎょう》が始まったばかりっていうとき、ぼくたちの半分が外に出されたんです。静かに並《なら》んでなかったからって」

カートライト先生は、サイモンを見た。

「静かに並《なら》ぶだって？　今朝の朝礼のとき、君は外に出されたが、あのときみたいに静かにしてなければいけなかったのか？」

「あのときより、もっと静かにです」

と、サイモンは、このときとばかりに答えた。

「本当です、先生」と、ロビン・フォスターがサイモンに助け船を出した。「ぼくたちは、みんな列をつくって並《なら》んでいたんです」

「フード・プロセッサー（肉や野菜を切りきざむ家庭用電気器具）を使うためです」

「トマトを薄《うす》切りにしなきゃならなかったんだよな」

そのとき、突然《とつぜん》、カートライト先生の脳裏《のうり》に、ある光景がうかんだ。まるで目の前で起こったかのように、まるで今朝起こったかのように、はっきりと……。

このクラス全体が、列をつくってのらくらしている。押《お》し合ったり、やじり合ったりしている。生徒の半分がいいかげんにトマトを持っているせいで、赤いしずくが、ぴかぴか光るタイルの床《ゆか》の上にしたたり落ちている。あとの生徒たちは、ぬるぬるした黄色いトマトの種を、壁《かべ》に向けてピューッと飛ばしているか、たがいの顔にかけ合っているのだ。

「並《なら》んでいただって？」と、先生は聞いた。「ただ静かに並《なら》んでいただけか？」

「そうです」と、そのとき調理室にいた生徒たちは、全員うなずいた。

カートライト先生は降参《こうさん》した。じっと先生を観察していたサイモンは、うれしくて、またほっとして、つい、にやにや笑ってしまった。先生の気持ちが〈栄養〉からはなれたその瞬間《しゅんかん》を見てとったのだ。

今や、カートライト先生の目に映《うつ》る光景は、フード・プロセッサーの順番を待って一列に静かに並《なら》んでいる生徒たちとなった。どの生徒も、その時間中はずっと並《なら》んでいるつもりだ。ただ、あのブーンブーンと音を立ててくるくるまわる魔法《まほう》の道具の順番を待つために。その精巧《せいこう》につくられた電気製品《せいひん》の浅いボールの中に、つぶれたトマトを一つ入れるだけのために、待ちに待って……。こうして生徒たちは、自分の短い一生のうちの三十分をむだにしていく。いらいらしながら、のたのたと、少しずつ前に進んでいく。ごくふつうの包丁《ほうちょう》を使えば、たちまちのうちにトマトをきざんだり、薄《うす》切りにしたり、さいの目に切ったりできるのに、そういうことにはまったく気づかないふりをして。

人生は、〈栄養〉をやるにはあまりにも短すぎる。〈フラワー・ベイビー〉をやらせよう。ひどいことになったとしても、それはそれでいいではないか。

第三章　この、やっかいなもの

フラワー・ベイビーが、キッチン・テーブルの上に鎮座《ちんざ》している。向かい合って座《すわ》っていたサイモンは、つんと突《つ》いてみた。

ずさんと、たおれた。

「なんだ。まだ、ろくにお座《すわ》りもできないのかよ」

と、からかいながら起き上がらせて、また突《つ》く。

フラワー・ベイビーは、またしてもたおれる。

「一人で起き上がれもしない」

小バカにして、またテーブルの上に座《すわ》らせた。そのとたん、フラワー・ベイビーは後ろにたおれて、犬の寝床《ねどこ》となっているバスケットの中に転がり落ちてしまった。

「くそ！」

サイモンのお母さんがとがめた。

「きたない言葉は使わないで。真似《まね》するじゃないの、それが」

サイモンは、腕《うで》を伸《の》ばして犬のマクファーソンのバスケットからフラワー・ベイビーをすくい上げると、ベビー服についた犬の毛をつまみ落としてやりながら、言い返した。

「『それ』じゃないよ。女の子なんだからさ」

まちがいなく、女の赤んぼうであった。

その日の朝のこと、カートライト先生はみんなにフラワー・ベイビーを配った。たいていは男か女かはっきりしなかったが、サイモンの膝《ひざ》の上に投げてよこされたものは、ちがっていた。

「そら、受け止めろ。ぼんやりしてるんじゃない。君は、スポーツのほうでは学校のヒーローなんだろう？ しゃんとしなさい、しゃんと」

そのフラワー・ベイビーは、かわいかった。フリルのついたピンクの帽子《ぼうし》をかぶり、ピンクのベビー服を着こみ、しかも顔の部分には、長いまつげのぱっちりとした目がていねいに描《か》かれているのだ。となりの席のロビン・フォスターが、すぐにうらやましがった。

「なんでおまえのには目があるんだ。おれのなんか、ただのふくろだぞ。取りかえてくれよ」

サイモンは、自分のフラワー・ベイビーをぐっとにぎりしめた。

「バカ言えよ。こいつは、おれんだよ。目が欲《ほ》しいんだったら、自分で描《か》けよな」

「それに、服まで着てる！」

ロビンは思わず立ち上がり、大きな声をあげた。

「先生、先生！　サイモンのフラワー・ベイビーには、服とか、帽子《ぼうし》とか、目とか、なんでもあるのに、ぼくのには、なんにもありません。不公平でーす！」

カートライト先生は、ちょうどみんなに小麦粉のふくろを配り終え、教卓《きょうたく》へもどっていくところだった。

「いいか。赤んぼうにちょっと問題があるからといって、どの親も赤んぼうを送り返していたら、どうなる？　さだめし、このクラスなんぞは空っぽになってることだろう。席について、静かにしなさい」

先生は、教卓《きょうたく》に腰《こし》をかけると、プロジェクト〈フラワー・ベイビー〉の規定《きてい》を読みあげた。

フラワー・ベイビー

一、フラワー・ベイビーはいつも清潔《せいけつ》にしておき、これを濡《ぬ》らしてはならない。また、すり切れたり、よごれたり、中身が出てきたりしないように、十分注意すること。
二、フラワー・ベイビーの体重を週二回、測定《そくてい》すること。軽くなっている場合は、世話をおこたったか、あるいはいじめたためであり、重くなっている場合は、かまいすぎか、あるいは水分をふくんでいるためである。
三、フラワー・ベイビーは、昼夜にかかわらず、いつ、いかなるときでも一人にしておいてはならない。やむを得ず一人にするときには、必ず信頼《しんらい》できる子守りをつけること。
四、毎日、育児日記をつける。文は、主語・述語《じゅつご》をともなったものを、少なくとも三つ以上書くこと。ただし、五ページ以内。
五、フラワー・ベイビーがよく世話されているかどうか、監視《かんし》されることとなる。監視員《かんしいん》は、親、生徒、教職員《きょうしょくいん》、あるいは一般人《いっぱんじん》とする。ただし、プロジェクトが終わるまで、その名前は公表されない。

先生は顔を上げた。

「以上だ」

このように、だれの注意も受けずに教室が静まり返ってしまうなど、今までにはなかったことだ。興味《きょうみ》深いながめである。

フェルサム先生のような科学者タイプの人間には、恐《おそ》れ入る。彼《かれ》らには、奇妙《きみょう》な力があるのだ。なかには、いつもぼうっとしている者もいる。毛糸のセーターを後ろからほどかれてもわからないとか、紅茶《こうちゃ》に「お砂糖《さとう》は？」と聞かれるたびに、はてどうだったかなとじっくり考えこまねばならないとかいうような……。けれども、彼《かれ》らは不思議なことを引き起こせるのだ。奇跡《きせき》をもたらせるのだ。その謎《なぞ》めいた技《わざ》で、思いもよらぬことをやってのけるのだ。地球でさえも粉々に吹《ふ》き飛ばせるのだ。そして、この四―Cのクラスを、静かにさせてしまうのだ。

「さてと……、質問《しつもん》はあるかな？」

と、カートライト先生は、その静けさにちょっとひるんだように聞いた。

サイモンは、フラワー・ベイビーを手に取って、ベビー服をまくってみた。小麦粉の布《ぬの》ぶくろだけで、何もはいていない。お尻《しり》のところは、もう黒くよごれていた。二人用の机《つくえ》に並《なら》んで座《すわ》っているロビン・フォスターが、消しゴムのかすをせっせと集めては机《つくえ》の溝《みぞ》の中へ山盛《も》りにして押《お》しこんでいるのだが、なんと、そこにフラワー・ベイビーを置いてしまったのだ。

「見ろよ、これ。もうよごれちゃったじゃないかよ。おまえのせいだからな、フォスター。これからは、この机《つくえ》、いつもきれいにしとけよな」

きたない消しゴムのかすの山を、ロビンは見つめた。サイモンがいつでも丸めては弾《はじ》き飛ばせるように、集めてやっていたのだ。冗談《じょうだん》を言っているのかなと、まずちらりとサイモンをうかがった。そうではないとわかると、サイモンを冷やかすのに容赦《ようしゃ》はなかった。

「先生！　先生！」と、声を張《は》りあげたロビンは、みんなの注意を引こうと勢《いきお》いよくこぶしを突《つ》き上げた。「先生、ぼくの席、かえてください。この席は危険《きけん》なんです。となりのサイモン・マーティンが、ぼくの母さんに変身してるんです！」

その日はずっと、サイモンはからかわれ続けた。「サイモンばあさん」とか「サイムおっかあ」と呼《よ》ばれ、そのたびに、まずフラワー・ベイビーをたおれないようにかばんにもたせかけて、すぐさまからかった者を追いかけ、ひっとらえて相手の髪《かみ》をわしずかみにして、その頭をしたたか壁《かべ》に打ちつけた。けれども、終業ベルが鳴るころには、もうそれにもうんざりしていた。

裏門《うらもん》から家に向かうサイモンの足取りはふらつき、指の関節は痛《いた》み、手首はすりむけていた。ベビー服に血がついてしまったときには、「まあ、サイモン！　血よ！　よりによって赤ちゃんに」というお母さんの声がどこからともなくひびいてきたため、足を止めてきれいにふき取った。けれど、自分の血のほうは、ただ着ているシャツでこすり取っただけだった。

サイモンのお母さんは、実際《じっさい》には、もっとさばけたアドバイスをしてくれた。

「ビニールぶくろに入れて、よごれないようにしておくのね」

「ぼくが赤んぼうのときにも、そうしたわけ？」

夕食の卵《たまご》と豆の料理をサイモンの前にどんと置きながら、お母さんは笑った。

「そうね、あのときにそう思いつけばよかったんだわ」

もちろん、それは冗談《じょうだん》だ。けれど、ある部分は本音《ほんね》だろうとサイモンは思った。赤んぼうによって、すべてが変わってしまったにちがいない。かけがえのない一個《こ》の人間として、サイモンは生まれてきてしまったのだ。フラワー・ベイビーなら、よごれないようにビニールぶくろに押《お》しこんでも罪《つみ》に問われない。けれど人間なら、そうはいかない。

自分の子どもがどんなにやっかいなものになるか、いったいいつ、お母さんはわかったのだろう。サイモンは、自分というものが一個《こ》の人間だといつわかったのかを覚えている。それは、そんな昔のことではなかった。

サイモンが七面鳥とやり合ったときのことだ。休みの日に、お母さんと仮設《かせつ》の遊園地へ行くと、その裏手《うらて》に農場があった。そこから、大ぶりの七面鳥が一羽、挑《いど》むようにゴロゴロ鳴きながら、フェンスを抜《ぬ》けて突進《とっしん》してきた。まず片方《かたほう》の目で、次にもう片方《かたほう》の目でにらみ、トイレに行こうとするサイモンを威嚇《いかく》する。

そこでサイモンは、一番簡単《かんたん》な方法で立ち向かった。

「クリスマスだ！　ジャン、ジャン、ジャン」

囃《はや》し立てられて、七面鳥はゴロゴロ鳴きながら行ってしまった。が、サイモンのほうはというと、公衆《こうしゅう》トイレの前のステップに腰《こし》を下ろしてしまった。突然《とつぜん》、悟《さと》ったのである。つまり、クリスマスまでに、あの七面鳥はお皿の上の料理になっている。けれど、この自分、サイモンは生きているだろうと（もちろん、お母さんがいつもうるさく言っているような、ひどい事故《じこ》にでもあわなければの話だが)。

サイモンは考えこんだ。自分の手の甲《こう》の皮膚《ひふ》をテントのようにつまみ上げ、次にぱっと放す。皮膚《ひふ》はすぐに元にもどり、サイモンの身体《からだ》の外側を形どる。この身体《からだ》はサイモンなのだ。サイモンという人間は、本当にただ一人しかいない。この全宇宙《うちゅう》の中で、今までにサイモンという人間はあらわれなかった。もう一人のサイモンなど、絶対《ぜったい》にいないのだ。

「変なところに座《すわ》っているな」

と言いながら、トイレに来た人がサイモンをまたごうとした。

サイモンは端《はし》によけたが、自分の世界にひたったままだった。たった数年前には、サイモンはいなかった。まったく存在《そんざい》していなかった。そして、いつかはあの七面鳥と同じに、サイモンは存在《そんざい》しなくなるのだ。永遠《えいえん》に。

「座《すわ》るなら、どこか、もっと健康によいところにしたらどうだい」

と、またさっきの人がトイレから出てきて声をかけた。

けれど、今度も、サイモンはまったく聞いていなかった。そのときに、サイモンは自分自身というものを発見したのだった。今、実際《じっさい》生きていて、そして、(あの七面鳥とはちがって)その生きているということも知っている、この世にただ一人の自分自身を。サイモン・マーティン自身というものを。

それからサイモンは、今までとはまったくちがった眼《め》で、自分の身体《からだ》を食い入るように見始めた。踵《かかと》、肘《ひじ》、臍《へそ》、内股《うちもも》と、今まで見たこともなかったところをじっくり見ようと、サイモンは不自然に身体《からだ》をよじる。見世物小屋近くでヨガをする一家がやるのとはまたちがっているポーズを次々にとるサイモンの姿《すがた》を、人々は、はなれたところからながめていた。

「いったい、何を見ているのかな？」

「あの子、おかしいの？」

「かわいそうなのは、母親よ」

「やめなさい、サイモン！　ノミがいるのかと思われるじゃないの！」

まわりの人のささやき声も、母親のするどい声も、サイモンには聞こえない。サイモンは夢《む》中《ちゅう》だった。一つ一つにおどろきながら、自分のひょろりとした身体《からだ》をたんねんに調べていく。そして、「これが自分なんだ」と実感していった。けれど、サイモンには、今のこの「自分」というものよりももっと大切なものがあったのだ。もっともっと大切なものが。それは、彼《かれ》の「過去《かこ》」というものだった。

そして今、サイモンはそのことを聞こうとしていた。マクファーソンの針金《はりがね》のような毛の最後の一本をベビー服からつまみ取りながら。

「おれって、どんなだった？」

お母さんは、指先にくっついた豆を口に吸《す》いこんだ。

「いつのこと？」

「赤んぼうのときさ」

お母さんは、目を細めて、テーブルに向かい合っているサイモンを見た。心の中でため息をつく。男の子に人形をあてがえば、すぐにふさぎこむ。女の子だったら、いったいどうなってしまうのだろう。

しかし、サイモンの質問《しつもん》も、もっともである。この何年間、そんな質問《しつもん》をされたことはなかった。息子《むすこ》はちゃんとした答えを望んでいる。

「かわいかったわ。玉のようだった。リスのようにふっくらとして、くりくりとした、かがやくような目をして。あんまりかわいらしくって、ぜんぜん知らない人たちまでが、道のまんなかで乳母車《うばぐるま》を止めてしまって、おまえをあやしたり、ほめたりしたものよ。みんなが、おまえのおなかに口を押《お》しつけて、ブーッとやりたがったわ。本当に、世界で一番かわいい赤ちゃんだった」

「それじゃ、どうして父さんは、あんなふうにさっさと家を出て行ったのさ」

サイモンは、聞かずにはいられなかった。そのことを口にすれば、何もかもぶちこわしになり、お母さんはいやがるとわかってはいたが。

「むちゃ言わないの、サイモン。お父さんは、それでも六週間はいたのだから」

と、お母さんはいつもの冗談《じょうだん》でかわそうとした。けれど、サイモンの顔を見て、今日はそういう答え方ではだめだとわかった。そこで、しわくちゃ婆《ばあ》さんの物真似《ものまね》をしてみた。

「そしてな、あの男にはな、未来を見る力があったと言う者がおってな……」

それでも、サイモンは笑わない。ミセス・マーティンはあきらめ、また夕食を口いっぱいにほおばりながら、息子《むすこ》の様子をじっと見守った。どのくらいサイモンの心がゆれ動いているのか、しっかり見定めようとして。

サイモンは、フラワー・ベイビーを抱《だ》き上げて、その大きく、きれいな目を見つめた。急にやりきれなくなってきた。仮《かり》にお父さんに自分の未来が見えたとしよう。その未来がいやで家を出る。けれど、そのために、サイモンには過去が、自分の父親の顔さえ見えなくなったのではないだろうか。現実《げんじつ》の父親を見知っているならば、昔の父親をなんとか想像《そうぞう》できるものだ。中年太りを差し引き、しわを取り去り、そして髪《かみ》を少しふささせればいいのだから。けれど、父親を知らなかったら……。

「どうして写真がないのさ。ちゃんとした結婚式《けっこんしき》なんかやらなかったのは知ってるけど、どうして、ほかのときにとった写真がないのさ」

「サイモン！　写真はあるわ。たくさんあるじゃないの」

「でも、父さんといっしょのはないじゃないか。父さんの写真は一枚《まい》もないよ」

「それは、写してくれるのがいつもお父さんだったからよ」

「母さんだって、一枚《まい》ぐらいは父さんの写真をとれたはずだろ」

　お母さんは、スプーンを乱暴《らんぼう》に砂糖《さとう》入れの中にもどした。その勢《いきお》いで、砂糖《さとう》がそこらじゅうに飛び散ってしまった。

「それに、父さんはぼくを見捨《みす》てるつもりだったたって、どうしてわかるのさ。そう言われたわけじゃないだろう？　そうだろう！」

　そのあと、ちょっとむっつりとしてから、サイモンは舌《した》をべろりと出すと、まず自分の腕《うで》に飛び散った砂糖《さとう》の粒《つぶ》をなめ、次に、フラワー・ベイビーについている砂糖《さとう》もなめようとした。

「だめよ、なめちゃ！」と、お母さんは止めた。そして、「さっき、それ、犬のバスケットの中に落ちたでしょう」と言う代わりに、「おまえのばいきんが、赤ちゃんにうつるじゃないの」と注意した。

　それはあまりうまい冗談《じょうだん》とはいえなかったが、サイモンは気分がよくなった。お父さんの話が持ち上がると、きまって、お母さんはたいしたことではないようにふるまうけれど、今はわざわざ冗談《じょうだん》を言ってくれたのだ。父親のことでサイモンが神経質《しんけいしつ》になるのはもっともなことだ、とわかってくれているからだ。

サイモンは、最後の一口の豆料理をフォークで口に突《つ》っこむと、ぼそっと聞いた。

「ぼくが正真正銘《しょうめい》の一人の人間だって、最初にわかったのはいつだった？」

どんな答えが返ってくるか、サイモンには見当がつかなかった。八歳《さい》のときか（ヒヤシンス・スパイサーのパーティーに行くのをいやがったとき）。あるいはもっと前、四歳《さい》のときか（靴《くつ》屋ですごいかんしゃくを起こし、女の店長に文句《もんく》を言われたとき）。

けれど、お母さんの答えはびっくりするものだった。

「ああ、おまえが生まれる数週間前よ。おまえとお母さんは、それぞれちがった時間帯で生きていたのね。お母さんが動きまわっているときには、いやに静かで、いないみたいなのに、さて寝《ね》ようと枕《まくら》に頭をのせると、起きておなかを蹴《け》り始めるのよ」

「サッカーの練習だよ、それって」

得意げに言ったサイモンは、ふと練習のことを思い出した。

時計を見る。今シーズン初の練習だ。遅刻《ちこく》はできない。

「行かなくちゃ」

お母さんは、自分の皿の上にサイモンの皿をのせた。そして、

「その赤ちゃんをよごすんじゃないわよ。どこか安全なところに置いとくのよ」

と、フラワー・ベイビーを顎《あご》でしゃくってみせた。

サイモンはぎくりとした。

「練習に、これは持っていけないよ！」

「『これ』じゃないでしょ、サイモン。女の赤ちゃんなんだから」

いらいらしているサイモンは、お母さんの冷やかしを無視《むし》した。

「どうやって練習に連れていけるんだよ？」

「連れていかなきゃならないんでしょ、サイモン。あの規定《きてい》にそう書いてあったじゃないの」

サイモンは必死になって、フラワー・ベイビーを持っていかずにすむ言いわけを考えた。

「できないよ！　ほかのクラスの生徒も練習に出るんだ。知ってるだろう？　ぼくのクラスからは、ぼくとウェインだけなんだよ。ほかのやつらはあれを見て、笑いころげるよ。さんざんな目にあうよ」

「見えないところに置いときなさい」

「母さん！」

母親というものは、ロッカー・ルームに一度でも足をふみ入れたことがないから、そんなことが言えるのだ。そこでは、たとえ息子《むすこ》のスポーツ・バッグでも、息子《むすこ》のものではなくなる。シーズン中に一度でも被害《ひがい》にあわなければ、それは単に運がいいだけの話で、たいていはお調子者が他人の持ち物をかきまわし、下着を引っぱり出しては、大騒《おおさわ》ぎしてその臭《にお》いをかいだり、ふりまわしたりするのだ。その上、デオドラント（体臭用《たいしゅう》のにおい消し）をちゃっかり拝借《はいしゃく》したり、バス代をまきあげたりするのだ。

ロッカー・ルームで、フラワー・ベイビーはちょっとの間でも無事にいられるだろうか。それは無理だ。

「母さんがめんどうみてよ」

「お母さんが？」

「ぼくが出かけている間だけだ」

お母さんは、いつもの「冗談《じょうだん》じゃないわ、サイモン」という態度《たいど》をとった。

「冗談《じょうだん》言わないで、サイモン。お母さんだって出かけるのよ。おまえの宿題の肩代《かたが》わりをお母さんがするとでも思っているんだったら……」

「フラワー・ベイビーはここに残しておく。だいじょうぶ。安全さ。マクファーソンは居間《いま》に閉《と》じこめておくから、嚙《か》まれることもないし……。問題なし」

お母さんの目がかがやいた。おもしろがっているのか？　からかっているのか？

「じゃあ、『規定《きてい》の五』はどうなるの？」

「規定《きてい》の五」だって？　あの監視員《かんしいん》のやつか！　サイモンは規定《きてい》のリストをひったくると、どうにかこうにか読みあげた。

五、フラワー・ベイビーがよく世話されているかどうか、監視《かんし》されることとなる。監視員《かんしいん》は、親、生徒、教職員《きょうしょくいん》、あるいは一般人《いっぱんじん》とする。ただし、プロジェクトが終わるまで、その名前は公表されない。

「教職員《きょうしょくいん》」だって！　あの老《お》いぼれカートホースは、サッカーのことを知っている。今朝フラワー・ベイビーを投げてよこしたとき、なんと言った？　「君は、スポーツのほうでは学校のヒーローなんだろう？　しゃんとしなさい、しゃんと」だ。こっそりついてきて、サイモンとウェインの赤んぼうをさがそうと、ロッカー・ルームを引っかきまわすにちがいない。

それと「生徒」。カートホースは二人の動きをだれかに追わせているかもしれない。あのジミー・ホルドクロフトだろう。口のうまいやつだから、スパイなんかお手のものだ。

そして「一般人《いっぱんじん》」。となりの家では、いつも、ちょっとだけ窓《まど》のカーテンがつまみ上げられている。ミセス・スパイサーは、生まれながらのスパイだ。彼女《かのじょ》もまた、喜んで敵《てき》の味方をするだろう。

だめだ。結局安心できる人などいない。自分の母親でさえ、信用できるかどうかわかったものではない……。

サイモンは「規定《きてい》の五」に目を落とした。「親」とも記されている。さりげなく、ゆっくりとお母さんを見ると、まだ、その目はおもしろそうにかがやいているのだ。

いや、絶対《ぜったい》にちがう。絶対《ぜったい》にお母さんはちがう。そのような考えはまったくバカげている。ただし……子どもにとって、あるいは子どもの教育にとっていいことだと思えば、親というものは、どんなことでもやってのけるものだ。この点では、お母さんは、プライドなどかなぐり捨《す》ててしまっている。どんな深みにでも入っていける。つらい経験《けいけん》から、サイモンにはよくわかっていた。ここ数年、お母さんは、サイモンの学校の成績《せいせき》を上げるためならどんなことでもした。脅《おど》し、ごほうび、はては罰《ばつ》まで。お小遣《こづか》いをなしにし、外出は禁止《きんし》にした。どなり、頼《たの》みこみ、ときには泣きもした（この泣き落としがサイモンには一番つらいのだが）。だから、サイモンをこっそり監視《かんし》することなど、たいしたことではない。お母さんなら、なんとも思わないだろう。

お母さんは信用できない。信用できるものか。

ため息をつきながら、サイモンはフラワー・ベイビーをテーブルから取り上げ、プロのサッカー・チームのロゴ・マークが入っているタオルで、ていねいに包んだ。ちょうど、フラワー・ベイビーの目だけが見えるようにして。

「よし、出かけよう。初めてだな、サッカーの練習は。行儀《ぎょうぎ》よくするんだぞ。ゲームのルールは、道々説明してやるから」

ミセス・マーティンは、窓辺《まどべ》に寄《よ》りそって、大股《おおまた》に歩いていく息子《むすこ》を見送った。タオルにくるまれ、帽子《ぼうし》をかぶり、目だけを出している小麦粉ぶくろに、息子《むすこ》はサッカーのルールの説明をしている。ふと、サイモンを見守っているのは自分だけではない、と気がついた。となりの家のカーテンが引かれているのだ。ミセス・スパイサーもまた、のぞき見ていた。

サイモンにも、それはわかった。門のところでふり返ると、となりの家のけばだった金色のカーテンが、風もないのに小きざみにゆれているのが眼《め》にとまったのだ。間接《かんせつ》フリー・キックとコーナー・キックのちがいを教えていたのだが、突然《とつぜん》それを打ち切ると、フラワー・ベイビーにかがみこみ、その耳、つまり布《ぬの》ぶくろの角のところに、口を寄《よ》せてささやいた。

「だれも信用できないんだぞ。いいか、この辺では、だれもだ」

第四章　お返しのキック！

バウム……、バウム……、バウム……、バウム……

「キックじゃない！　いいか、軽く蹴《け》るんだ！」

フラー先生の怒声《どせい》が、サッカーの練習場の向こう端《はし》からサイモンのところまでとどいてくる。

サイモンは、最後の三周目をまわっていた。去年なら、練習に遅《おく》れてきた者は腕《うで》立てふせ五十回だった。それにくらべれば、ボールを足でドリブルしながらグラウンドを三周することなど、なんでもない。とても運がよかった。フラー爺《じい》さんもあまくなってきている。

バウム……、バウム……、バウム……、バウム……

「耳が遠くなったのか、おまえは！　ゴール・キックの練習じゃないぞ！　ボールをていねいに追いまわすんだ。うまくコントロールしていけ。ボールと足が、ちょうどゴムひもでつながっているようにだ」

練習に遅《おく》れたのは、サイモンのせいではない。ウェインのせいだった。修正液《しゅうせいえき》の小瓶《こびん》をどこかの机《つくえ》の中から見つけ出そうと、空っぽの教室を次から次へとサイモンを引っぱりまわしたからだ。

そんなにまでしてさがしたのに、お笑いぐさだ。サイモンは、フロッギーの困《こま》り果てた顔を見に更衣《こうい》室にもどれないのだ。今ごろフロッギーは、自分の水虫用パウダー缶《かん》のラベルを読んでいることだろう。「撃退《げきたい》！　頑固《がんこ》なスポーツマン」と修正《しゅうせい》されたラベルを。

すばらしいではないか。最初、ラベルにある「撃退《げきたい》！　頑固《がんこ》なスポーツマンの水虫」という文句《もんく》の中の「水」を消しちゃおうと言い出したのは、ウェインだった。あとから、ついでに「の」と「虫」の字も消したほうがいいと思いついたのは、サイモンだ。といって、自信があったわけではない。勘《かん》というやつである。けれど、勘《かん》というものも、ときたま当たる。

そうだ、あれは、去年のアーノット先生の英語の授業《じゅぎょう》のときだった。席を立ってふらふらしていたので、教卓《きょうたく》の脇《わき》に立たされたときだ。先生は、グィン・フィリップスの「ぼくの夏休み」という作文を読んでいた。すると、ちょっと独《ひと》り言をつぶやいたかと思うと、すぐ声を高め、とがめるように尋《たず》ねた。

「気になることが書いてあるけれど、どういうことなの、グィン。この『イタリア人はみんな、のろのろして非情《ひじょう》である』というのは？」

グィン・フィリップスは困《こま》った。旅行など行かなかったのだから、答えようがないのだ。考えもなしに、ビル・シモンズの作文を丸写しにしただけなのだ。夏の旅行でかがやくばかりに日焼けしたアーノット先生の腕《うで》を見つめていたサイモンは、ふと、言いかえを思いついた。

「『イタリア人はみんな、のんびりして非常《ひじょう》に情《なさ》けがある』っていうことだと思います、先生」

上出来だ。ゴール！

先生は、ぱっとすばらしい笑《え》みを投げかけて、サイモンを席にもどしてくれた。拍手喝采《はくしゅかっさい》の中、サイモンは、かがやく光を背負《せお》ったような、誇《ほこ》らしい気分になった。

そうだ、勘《かん》を働かせると、うまくいくものなのだ。ただ今回は、時間を使いすぎたのがまずかった。まず、「の」と「虫」の字を消しに更衣《こうい》室にもどったこと。それに、ウェインが『ノートルダムのせむし男』（フランスの作家ユゴーの小説）の真似《まね》をやりながら、廊下《ろうか》をよたよた歩いたこともある。けれど、一番時間をくってサイモンがグラウンド三周の罰《ばつ》を受ける羽目になったのは、なんといってもフラワー・ベイビーの安全なかくし場所をさがしたためだ。

ウェインは、トイレにある給水タンクのパイプの後ろに、フラワー・ベイビーを突《つ》っこもうとした。

「ここなら、だれにもわからないぞ。人形を放り投げろよ、サイム」

と、ウェインは、トイレの個室《こしつ》を仕切っている壁《かべ》の上に腰《こし》をかけて、声をかける。

サイモンは、シャツにくるまれていたウェインのフラワー・ベイビーをそっと取り出し、手わたした。ウェインは、パイプの間にフラワー・ベイビーを押《お》しこもうとした。

そのとき突然《とつぜん》、サイモンは聞いた。

「絶対《ぜったい》に、きれいだろうな」

たいまつの火に目がくらんだフクロウのように、ウェインは思わず、またたきをした。

「きれいって？」

「ああ、そこのパイプ、きれいだろうな？」

「まいるな、サイム！」

けれど、サイモンはもう、トイレの便座《べんざ》の上に足をかけ、仕切りの上に登ってきた。二本のパイプの下の部分を指でこする。

「よごれてるぜ。よーく、ふかなきゃ」

「サイム！　いいかげんにしろよな。それでなくったって、練習に遅《おく》れちゃってるんだぞ」

「一分ぐらいだ」

ずるずると仕切りからすべり降《お》りたサイモンは、雑巾《ぞうきん》をさがそうと、近くにあった流し台へと走った。

「サイム……」

「待ってろよ、ウェイン。どこかこの辺に、雑巾《ぞうきん》があるはずなんだから」

「サイム！　おれの人形、よこせよ。早く！」

「信じられないな。トイレが十個《こ》、流し台も十個《こ》あるのに、雑巾《ぞうきん》は一枚《まい》もないぞ。うるさいこと言うわけじゃないけど、おまえだって……」

「やめてくれよ、サイム！」

ウェインは下に降《お》りると、自分のフラワー・ベイビーを拾い上げ、また仕切りをよじ登って、パイプとパイプの間にしっかりと突《つ》っこんだ。

「よごれちゃうぜ、ウェイン」

ウェインは聞いていない。指についたほこりを、着ているジャージーにこすりつけると、ドアに向かった。

「じゃあな、サイム。せいぜい腕《うで》立てふせを楽しむことだな」

サイモンは、スポーツ・バッグから自分のフラワー・ベイビーを取り出した。

「さ、来いよ。ここから出て、もっと臭《くさ》くないところに行こう。どこか、きれいな空気で、居《い》心地《ごこち》のいいところをさがしてやるからな」

サイモンが選んだ場所は、サッカー・フィールドの一方のゴールから数メートル後ろにある植えこみだった。まだ日も当たっている。その茂《しげ》みの中にフラワー・ベイビーを押《お》しこんだ。

そのとき、すでにみんなは、ボールを蹴《け》り合ってウォーミング・アップを始めている。あそこからは、これがただのタオルの包みに見えることを願った。

フラー先生はというと、グラウンドの横合いから腕《うで》組みをしたまま、植えこみでごそごそやっているサイモンに目を光らせている。けれど、今問題なのは、フラー先生ではなく、監視員《かんしいん》のほうである。とにかく、フラワー・ベイビーは目のとどく、きれいで安全なところに置いたわけなのだから、今のところは、監視員《かんしいん》もサイモンをとがめだてはできないはずだ。なるほどフラー先生は、遅《おく》れた罰《ばつ》として腕《うで》立てふせ五十回をやらせるだろう。しかし、それがいやでフラワー・ベイビーのプロジェクトをここで投げ出してしまえば、あの燦然《さんぜん》とかがやく爆発《ばくはつ》がやれなくなるのだ。

このプロジェクトはすばらしいものになる。それは確《たし》かだ。といっても、フラワー・ベイビーを手にしてから二、三度、サイモンにも疑《うたが》わしく思えることがあった。あの日の朝、職員《しょくいん》室で話されていたことは、どこかを聞きちがえたのではないか、あるいは、肝心《かんじん》な点を聞きもらしたのではないか……。たとえまた、聞きちがえ、聞きもらしがなくとも、果たしてこのプロジェクトはやりとげる価値《かち》があるのだろうか。最後にあの爆発《ばくはつ》をやらせてもらうには、フラワー・ベイビーをいつも連れて歩いたり、きれいにしたりと、めんどうなことを三週間も続けなければならない。けれど、続ける価値《かち》があるのだろうか。本当にあるのだろうか。

ある。その価値《かち》はある。専門家《せんもんか》のフェルサム先生までもが、「バーンと華々《はなばな》しいのを」と言っていたのだから。あの日の午後、廊下《ろうか》で。

やっとフラワー・ベイビーを押《お》しこみ終え、みんなといっしょにウォーミング・アップをしようと駆《か》け出したサイモンは、フラー先生の厳《きび》しい表情《ひょうじょう》を見て、気持ちを引きしめた。ちょうどそのとき、ビデオ・テープで画面を巻《ま》きもどすように、その廊下《ろうか》での出来事が頭の中によみがえってきた。

まず、教室の前。まさしく乗り上げたという感じで、カートライト先生が電気ヒーターの上に腰《こし》をかけていた。靴《くつ》ひもの結び目を見つめていて、元気がないように見える。一方、教室の中では生徒たちが大騒《おおさわ》ぎをしている。それは、少し早めに休み時間になったという光景であった。けれど、去年、何度もアーノット先生のクラスに遅刻《ちこく》したサイモンには、次に何が起こるかわかっていた。

実のところ、カートライト先生は、今にも躍《おど》りかかろうとしているのだ。教室で騒《さわ》いでいる悪たれどものうち、だれに罰《ばつ》をあたえればよいか、廊下《ろうか》でちょっと考えているだけなのだ。やおら先生は、ヒーターから腰《こし》を上げ、ドアへとにじり寄《よ》る。そして、大きく息を吸《す》いこみ、クラスにがなり声を浴びせるのだ。となりのクラスのアーノット先生は、いつもあまりの大声におどろいて、かわいそうに椅子《いす》から転げ落ちそうになったものだ。

あの日も、ヒーターに腰《こし》かけている先生を目にしたサイモンは、廊下《ろうか》の角にすべりこみ、待つことにした。カートホースは、罰《ばつ》をあたえるのは少ない人数のほうが効果《こうか》的だと思っている。本をあまり読めないサイモンが、もしここですぐ姿《すがた》をあらわしたなら、たちどころにカートホースの餌食《えじき》となるだろう。けれど、ほかのあわれな犠牲者《ぎせいしゃ》が名指しにあったあとならば、サイモンは意気揚々《ようよう》とドアから自分の席へともどっていけるのだ。その犠牲者《ぎせいしゃ》が、「えっ、だれ？ぼくですか、先生。先生！　どうしてぼくなんですか！　そんなの、あんまりです！」とわめき立てているのを尻目《しりめ》にしてだ。

とにかく、一か八かだ。運を天にまかせて、サイモンは壁《かべ》に寄《よ》りかかって待った。そこへ、フェルサム先生とその取り巻《ま》きの生徒たちの一行が、鼻高々に廊下《ろうか》の曲がり角をまわってやってきた。生徒たちがその腕《うで》いっぱいにかかえこんでいるのは、複雑《ふくざつ》で、あつかいのむずかしい実験用具だった。サイエンス・フェア直前のフェルサム先生のクラスでは、そういったものがないとまったく授業《じゅぎょう》にならない。サイモンは前かがみになって、激《はげ》しく咳《せ》きこむ真似《まね》をした。その前を、フェルサム先生と生徒たちはさっそうとして通りすぎていった。そして、サイモンが咳《せき》をするのをやめたちょうどそのとき、まだヒーターの上に腰《こし》かけている同僚《どうりょう》へ、フェルサム先生は通りすがりに声をかけたのだった。

「バーンと華々《はなばな》しいのをやっているね、エリック。わかるとも」

カートライト先生は不愉快《ふゆかい》そうな顔をしたが、その言葉で、サイモンの疑《うたが》いや心配がいっぺんに消え去ったのだ。なんといってもフェルサム先生が有名なのは、あのすばらしい爆発《ばくはつ》のプロジェクトでだ。あの〈カスタード・ソース缶《かん》の爆発《ばくはつ》〉は、みんなの羨望《せんぼう》の的になっている。だから、やる前から、そのフェルサム先生が「バーンと華々《はなばな》しい」と小麦粉ぶくろの爆発《ばくはつ》について話し、ほめているならば、これは保証《ほしょう》されたようなものなのだ。このプロジェクトはすばらしいものになる。

サイモンは、にっこりと笑った。そして弧《こ》を描《えが》くようにウェインにボールをキックして、またにっこり笑った。

旧約聖書《きゅうやくせいしょ》では、神は人間とよく約束を取り交《か》わした。その約束を守るしるしとして、神は、いろいろな予兆のようなものを人間に示した。たとえば、神のお告げどおりに箱舟《はこぶね》をつくって助かったノアには、もう二度と洪水《こうずい》を起こさないという約束のしるしとして虹《にじ》を空に出した。エジプトで苦しんでいるイスラエルの人々をモーゼが新しい土地に導《みちび》くという約束のしるしとして、神は、エジプトを困《こま》らせる災《わざわ》いを次々にもたらした。河《かわ》の水を血に変えたり、イナゴの大群《たいぐん》を送ったり、最後にはエジプトの一番上の子どもを死なせたりと。

サイモンは、このプロジェクトはそういう約束みたいなものだと思った。あの日、サイモンが偶然廊下《ぐうぜんろうか》の曲がり角に立っていたとき、フェルサム先生がやってきて「小麦粉ぶくろの爆《ばく》発《はっ》」のプロジェクトについて口にしたことが、その約束が守られるというしるしなのだ。

いつのまにか、フラー先生がすぐ近くに、ちょうどサイモンの左肘《ひじ》のところに立っていた。

「今日は最初の練習ってことで、みんな、まごついているようだな」

と、楽しげに言うので、サイモンはどきりとして、次のパスをしくじってしまった。

「腕時計《うでどけい》は、はずしとくんだったな」

もちろん、そんなことが言いたいわけではない。サイモンがあの植えこみの中に下着のようなものを押《お》しこんでいたので、一喝《いっかつ》しに来たのだ。フラワー・ベイビーも、めんどうに巻《ま》きこまれる。まずかったなあと後悔《こうかい》しながら、サイモンは返事もせず、靴《くつ》で地面をこすっていた。

そのとき、フロッギー・ハインズとソール・エプスタインが正面衝突《しょうとつ》をして、もつれ合ったままごろごろと転がったのだ。これはサイモンにとって幸いだった。

フラー先生はまず、サイモンに遅刻《ちこく》した罰《ばつ》をあたえた。

「練習のあとに、ドリブルしながらグラウンド三周だ、いいな。それから、ドリブルのときはボールを軽く蹴《け》るんだからな。キックじゃないぞ」

それから、転がったままの二人に大きなどら声を浴びせかけた。

「ハインズ！　そのバカたれから足を引き抜《ぬ》け。さあ、立ち上がって。それでもって、あのボールを取ってこい」

事がサイモンにとって都合よく進んでいる間に、サイモンは後ろのほうへ逃《に》げ去った。ともかく、腕《うで》立てふせはしなくてすんだ。

その後の練習も、さほどきつくなかった。フラズィー・ウッズが、生け垣《がき》ごしにガール・フレンドのルシンダに手をふって厳《きび》しくしかられたため、その間練習が一時中止になったり、その数分後にまたあらわれたルシンダが先生に注意され、また練習は中止となり、スロー・インができなかったりと……。

そういうわけで、練習を終えてみんなが更衣《こうい》室に行ったあと、一人でグラウンドに残ってドリブルしながら三周するのは、そんなにつらくないはずだった。もちろん、腹《はら》の皮をよじってフロッギーを笑うことはできなくなり、残念ではあったが……。ウェインにけしかけられて水虫用パウダーの缶《かん》のラベルを読み、フロッギーはひどくおどろいたにちがいない。けれど、そのときの表情《ひょうじょう》は簡単《かんたん》に想像《そうぞう》がつくし、ウェインもあとでくわしく教えてくれるはずだ。それならどうして、サイモンは、そんなめちゃくちゃなドリブルをしながらまわっているのだろう。どうして足が思うように動かないのだろう。

バウム……、バウム……、バウム……、バウム……

「なあに考えてるんだ、おまえは。強くじゃない！　赤んぼうだと思って、やさしくだ！」

フラー先生の「赤んぼう」という言葉を耳にすると、もっとひどくなった。どぎまぎして、サイモンは、たった今通りすぎたばかりの植えこみにちらりと目をやった。あの植えこみだったかな。フラワー・ベイビーはどこだろう。あの小さな布《ぬの》ぶくろは、ちゃんと枝《えだ》の間におさまっているだろうか。まだあそこで、タオルにくるまっていい気持ちでいるのだろうか。それとも、みんながものすごい勢《いきお》いでグラウンドを走り去っていくときに、見つかってしまったのだろうか。もしかしたら、ウェインがみんなにこっそり教えたかもしれない。みんなに引っぱり出され、今ごろは更衣《こうい》室あたりでキックされ、大笑いされているのではないだろうか。

フロッギーが一番強くキックするだろう。そして、フラワー・ベイビーはずたずたに破《やぶ》れ裂《さ》ける。

気をそがれて、サイモンはボールを完全に蹴《け》りそこねた。

先生のどなり声が、グラウンドを飛びこえてきた。

「わざと笑わせようとしてやっとるのか、サイモン・マーティン。ちっともおかしくなんかないぞ!」

また、ミスするところだった。今度のは、信じられないほどひどかった。ちゃんとしたキックにさえもなっていない。ただのドリブルなのに、まったく集中できないでいる。フラワー・ベイビーの身に何かおそろしいことが起こっているのではないか、と気をもんでいるときに、

いったい、どうやって足を正しく動かせるものなのだろうか。フラー先生があんなに目を光らせていなければ、くるっと爪先《つまさき》で回転してあの植えこみを見ることができるのだが……。フラワー・ベイビーはまだあそこにいて無事だとわかれば、もっと集中できるだろうに……。

しかし、フラー先生の雷《かみなり》が頭上に落ちるのがいやなので、サイモンは前を向いたまま走り続けた。おそろしい光景が、次から次へと頭にうかんでくる。

まず、サイモンのフラワー・ベイビーが水にうかんでいる光景だ。きたない流し台の中で、顔を下にしている。そして、水がじわじわと染《し》みこんでいくにつれ、ゆっくりとしずんでいくのだ！　次のは、フロッギーがサイン・ペンでフラワー・ベイビーの顔にいたずら描《が》きをしているところだった。水虫用パウダーの缶《かん》のラベルの仕返しだ。鼻、割《わ》れ目にすぎない口、そしてカリフラワーのような耳が描《か》かれていく――水におぼれているときのものより、もっとひどい！

けれど、一番悲惨《ひさん》なのは、更衣《こうい》室で、ジミー・ホルドクロフトが片足《かたあし》を後ろに大きく引いている光景だった。床《ゆか》の上にはフラワー・ベイビーが転がされている。ジミーは、あの豪快《ごうかい》なゴール・キックをやって見せようとしているのだ。

サイモンは、前へ前へと進みながら、自分自身に問いかけた。こういうのは、赤んぼうを乳《う》母車《ばぐるま》に入れたまま店の外に置きっぱなしにした親たちが、いつも味わっている気持ちなのだろうか。だから、いつも急いで外に出ようと、いらいらした顔つきで押《お》し合ったりするのだろうか。また、だからこそ、エレベーターや出入り口で人とぶつかり合うのも気にせず、禁止《きんし》されているところにまで、どんどん乳母車《うばぐるま》を押《お》し入れてきたりするのだろうか。

ボールはまたサイモンの足からはずれ、ころころと転がっていった。

「サイモン・マーティン！　鷹《たか》のように目を光らせてるんだぞ。そういうことを続けるなら、このあと腕《うで》立てふせだ！」

あそこのコーナーまであと十メートルだ。そうしたら、目の端《はし》であの植えこみを見てみよう。だいたい、サッカーの練習をしながらフラワー・ベイビーのお守りをしようとするのが無理なのだ。だれだって、同時に二つのことなどできはしない。先生たちだって、いつも言っていたではないか。「窓《まど》の外を見ながら、勉強に身が入るか！」とか、「だれも同時に話したり、聞いたりはできない。君が話しているということは、聞いていないということだ」と。

お母さんだってそうだ。「ラジオをガンガンかけながら宿題ができるはずないでしょ、サイモン」、「パンを焼くのか、犬と遊ぶのか、どちらか一つにしてちょうだい。いっしょにやるんじゃないの。パンが丸こげになるでしょ。それで四枚《まい》目よ！」と、サイモンには同時に二つのことはできないとわかっていたはずだ。サッカーの練習中はお母さんがフラワー・ベイビーをみてくれたなら、こんなバカげたことは起こらなかったのだ。お母さんは一人でサイモンを育て上げたのだから、それがどんなに大変か知っているはずだ。サイモンの練習がどんなひどいものになるか、わかっていたはずなのだ。

昔、クラブ・ハウスでバドミントンをする夜もサイモンを連れていかねばならなかったことを、みんな忘《わす》れてしまったのだろうか。いつでも、二人はみじめな思いをしたではないか。サイモンは今でも覚えている。二階の観戦席のプラスチックの椅子《いす》から幾度《いくど》となくずり落ちるようにすべり下りて、脚《あし》の裏《うら》がすりむけてしまったことを。てすりにもたれて、下のコートへ呼《よ》びかけようとしたためだった。

「ねえ、もう家に帰れる?」

何回となく同じ答えが返ってくる。

「いい子ね、サイモン。もう少しで終わりよ」

椅子《いす》にもどって、また長い間じっと座《すわ》っている。十五時間とも思える長さだ。そしてまた、たいくつしきって尋《たず》ねる。

「お母さん。先に帰ってもいい?」

「サイモン、お願い! もうすぐだから。このゲームで最後よ」

たぶん、ゲームはそんなに長くはなかったのかもしれない。けれど、バドミントンが終われば、パートナーのスーが「ちょっと一杯《ぱい》だけ」と言って、いつもお母さんをクラブ・ルームに連れていってしまう。サイモンがつまらなくてそわそわしていても、まるで蚊《か》か雨かのようにお母さんはまったく気にしない。それなら、と大声で不満を言えば、コカコーラを手わたされながら、しかられるのであった。

「サイモン！　いいかげんにしなさい！　きついゲームで喉《のど》がかわいているのに。ちょっとの間だけでしょ。いい子にしててちょうだい」

お母さんたちとは別のブースに座《すわ》らせられて、サイモンは、ストローでぶくぶく泡《あわ》立てた飲み物を、むっつりした顔で見つめる。お母さんとスーは、「あそこのご主人はね……」、「お父さんったら……」、「近所の人たちときたら……」、「あの娘《むすめ》さんが……」と、うわさ話に夢中《むちゅう》である。サイモンは九十回もクラブ・ルームの中を見まわす。同じぐらいの歳《とし》の子など、だれもいない。自動販売機《はんばいき》のそばに突《つ》っ立っていたり、トイレの中でぶらぶらしていたりする子など、だれもいない。サイモンは、自分と母親たちのブースの間にある仕切りにもたれかかった。

「どうして一人で留守番《るすばん》しちゃいけないの？」

「もうすぐできるようになるわ。大きくなったらね」

「ベビー・シッター、つけてくれればなぁ」

「サイモン！　一週間にたった一回よ！　それもたったの一時間！　お母さんが外に出られるのは、この一回だけしかないってこと、知っているじゃない。もう困《こま》らせないで！」

果たして、サイモンが九歳《さい》か十歳《さい》になると、お母さんは気をつけてやらなくともよくなった。もうサイモンには、植えこみの中から転げ落ちて泥《どろ》まみれになったり、かっさらわれて更衣室《こうい》でめちゃくちゃに蹴《け》りとばされたり……というような危険《きけん》は、まったくなくなったのだ。最後のコーナーをまわった。最悪の事態《じたい》が起こっているかもしれない。あそこに見えるのは本当にフラワー・ベイビーだろうか。ちゃんと植えこみの中にかくれているのだろうか。あのタオルにふんわりと包まれているのだろうか。それとも……。

ボールはまた、サイモンの足と足との間を抜《ぬ》けていった。

「いいか、マーティン！ あともう一度やりそこねたら、腕《うで》立てふせ五十回だ！」

これは一人でやれる仕事ではない。フラワー・ベイビーの世話をするには、二人いなくてはだめだ。替《か》わり、二番手、夜に予定のない人が必要なのだ。以前、ベビー・シッターが見つけられなかったり、あるいは雇《やと》える余裕《よゆう》がなかったりしたとき、お母さん自身もよく言っていた。もし自分が二人いれば、もっと楽になるのにと。けれど不思議なことに、お父さんにもどってきてほしいと口にしたことは、一度もなかった（もっとも、サイモンの寝《ね》ているベッドのそばに立って、「どうやら、おたふく風邪《かぜ》のようね。お父さんも残念ね。ここにいて看病《かんびょう》できなくて……」と、ちょっとつらそうに言ったときはあったが）。

ところが、サイモンはというと、お父さんを恋《こい》しがった。いや、実際《じっさい》のお父さんを、ではない。まったく知らない人を、その顔さえぼやけた写真のようにあやふやだという人を、恋《こい》しがることはできない。サイモンが恋《こい》しがったのは、サイモン自身が勝手につくり上げた父親であった。黒みがかったウエーブのある髪《かみ》。これは、あちこちの引き出しの中に入っていた写りの悪い何枚《まい》かの写真で見たものだ。そして、すばらしい歌声。おばあちゃんでさえ、いまだに感心していた。「みごとなテノールだったよ。その高い声で歌い上げると、屋根の梁《はり》までがびんびんひびいたほどだった」と。そしてそこに、海のような青い瞳《ひとみ》、力強い手、明るい笑顔、キャッチボールの天才というものを、サイモンは付け加えたのだった。

小さいころのサイモンは、どのようにしてお父さんは帰ってくるのかとあれこれ考え、時の経《た》つのを忘《わす》れた。ある日、お父さんは考えを変える。なんの連絡《れんらく》もなしに、突然《とつぜん》もどってくる。そして、お父さんとお母さんはやり直そうとする。今度こそうまくいって、お父さんは家に落ち着く。

小学校からの帰り道、ウィルバーフォース通りをぶらぶら歩きながら、お父さんのことばかりをとめどもなく想像《そうぞう》していたものだ。お父さんが腕《うで》を大きく差しのべて、門のところに立っている。大声をあげて、早く来いとせかす。すると、サイモンは石畳《いしだたみ》の道を力いっぱい蹴《け》り上げて走り、となりの家を通りこし、お父さんの力強い腕《うで》の中へ飛びこんでいくのだ。

家の前の道に出る曲がり角まであと三メートルというところまで来ると、サイモンはことさらゆっくりと足を運ぶ。その夢《ゆめ》にもう少しひたっていたいからだ。そして、ちょうどお父さんを魔法《まほう》で呼《よ》び出したときと同じように、今度もぽっとお父さんを消す。その角を曲がる前に現《げん》実《じつ》にもどるのだ。そうすれば、がっかりして涙《なみだ》がこぼれたり、家に帰る楽しみがだいなしになったりはしないからだ。

けれど、一度だけだったが、サイモンは泣いたことがあった。泣かないではいられなかった。そのとき、サイモンはとても小さく、たったの六歳《さい》ぐらいで、ふつうの子ならいつも泣いてばかりいるといった年ごろだった。

サイモンは、クリスマスの劇《げき》で、大工《だいく》のヨセフという重要な役をもらった。せりふを覚え、真紅《しんく》のマントをはおった。マントの裾《すそ》を後ろにひきずるサイモンの姿《すがた》はあまりにも立派《りっぱ》で、ネス先生に、そのマントを「三賢者《けんじゃ》」役の一人にわたすようにと言われ続けたほどだった。真紅《しんく》のマントに身を包まれると、いつも、サイモンの耳には天使のラッパの音が高らかにひびくのであった。サイモンは、劇《げき》の当日を興奮《こうふん》の炎《ほのお》の中で待ったのである。

ところが、その日、お母さんは劇《げき》を観《み》に来られなかった。当日の朝になって、お母さんがとなりのミセス・スパイサーにサイモンを学校まで送ってくれと頼《たの》んでいるときには、もうお母さんの足はふらふらして、咳《せき》もひどく、目は熱っぽくうるんでいた。だから、きっと来られないだろうとわかってはいたのだ。それでも、お母さんは病気でも必ず来ると、午前中ずっと信じこもうとしていた。劇《げき》が始まり、ネス先生に舞台《ぶたい》へと押《お》し出されると、サイモンは客席の列をじゅんぐりに見ていった。お母さんを必死でさがしたのだ。

「もし行けたら、ドアのすぐ右にいるわ」とお母さんは約束した。けれど、そこにいたのはスーだった。お母さんが最後の最後になって、重い足を引きずりながらやっとの思いで階段《かいだん》を降《お》りてスーに電話したことなど、当時のサイモンにはわかりようもなかった。またスーが、サイモンの家族としてドアのすぐ右に座《すわ》るため、すべてのことを中断《ちゅうだん》して、半日の休暇《きゅうか》をとって学校へと急いだということもわからなかった。いくらそこまでしてくれても、スーはお母さんではないのだ。

幕間《まくあい》の短い休憩《きゅうけい》のとき、アルミホイルで作った大きな星をヒヤシンスの頭に一生懸命《けんめい》つけていたネス先生は、サイモンを励《はげ》ますつもりで、ついうっかりと言ってしまった。

「心配ないわよ。お父さんは来ているの？」

言ってしまってから、先生はすぐに自分の失敗に気がついた。しかし、もう遅《おそ》かった。サイモンは、ワーワーと泣き出してしまったのだ。先生は、サイモンを膝《ひざ》の上に引きよせ、背中《せなか》をやさしくさすってなだめたが、だめだった。涙《なみだ》はどんどん流れ落ち、止まらない。時間はどんどん経《た》っていく。ずっと休憩《きゅうけい》時間のままにしておくわけにはいかない。やむなく先生は、あのかがやく真紅《しんく》のマントをぬがせ、ハミッドにまとわせた。その子は劇《げき》の練習第一日目から、どの役のせりふも全部覚えたと自慢《じまん》していたやつだった。

バァスッ！

サイモンは、ボールをすごい勢《いきお》いでキックした。

「そら、お返しだ、父さん。あのとき、来てくれなかったから」

と、息を切らせながら言うと、さらに強くキックした。

「いたためしなんか、なかったから！」

バァスッ！　バァスッ！　バァスッ！

フラー先生のどなり声が背後《はいご》に聞こえたが、サイモンはもう気にもしなかった。

バァスッ！　バァスッ！

「もういい、サイモン・マーティン！　もうたくさんだ！」

スパァーンッ！

最後の直線コースに入って、サイモンは片足《かたあし》を後ろに引き、ものすごい勢《いきお》いでキックした。

ボールは更衣《こうい》室の屋根をこえて飛んでいく。サイモンはさけんだ。

「父さん！　あれも、父さんにだ！　何もしてくれなかったお礼だ！」

そのあと、サイモンは腕《うで》立てふせをやらされたが、その罰《ばつ》はかえってありがたかった。腕《うで》立てふせ五十回など、たいしたことはない。やっていると、心の痛《いた》みがやわらいでいく。特にありがたいのは、時間が少しかかることだ。といっても、三分以上はかからないが。それでも十分な長さだった。本当に十分な長さだったのだ。サイモンの目の中で激《はげ》しく燃《も》えたつものをしずめるためには。

第五章　フラワー・ベイビー日記

「本当にこれが、先生の考えておられたものというわけですかな」

と言いながら、カートライト先生は、職員《しょくいん》用トイレから出てきたばかりのフェルサム先生に日記の束《たば》を突《つ》きつけた。フェルサム先生は、それをぱらぱらとめくっていった。

「ちょっと一枚《まい》、読んでみてください」

とせきたてられ、まずフェルサム先生は、そのうすぎたない紙に書きなぐられている名前をちらりと見た。

「サイモン・マーティン？　ぼくのクラスの生徒ではないかね？」

「いや、あれじゃない」と、カートライト先生はぴしゃりとはねつけた。「先生のクラスにいるのはマーティン・サイモン。ご存《ぞん》じのはずですよ。どの試験もパスし、ボードレールを読むという少年です。こっちのはサイモン・マーティン。わたしのクラスで、いつもずるけてトイレに入りびたっているか、どっか足りない木偶《でく》の坊《ぼう》のように、だらだらと歩きまわっているやつですよ」

この教師《きょうし》らしからぬ話し方に、フェルサム先生はがまんがならなかった。

「つまり、こういうことだね、エリック。その生徒は、学業の面では、まだ十分能力《のうりょく》を出しきっていないと」

カートライト先生は、びくともしない。

「わたしが言ったのはですね、いつも、うすバカみたいなふりをして歩いているということですよ」

そこから一メートルもはなれていない生徒用のトイレのドアのかげには、サイモン・マーティンが、両手で頭をかかえこんだまま、うずくまっていた。フェルサム先生は、サイモンの「フラワー・ベイビー日記」の第一ページを読みあげた。その字はきたなく、綴《つづ》りもひどくまちがっている。

第一日目

フラワー・ベイビーを連れて歩けっていうのは、まったくバカみたいな考えだ。泣きもしないし、食べもしないし、おむつもよごさないんだから。

けど、それでも、フラワー・ベイビーは一日じゅう、ぼくのあしでまといになってる。サッカーをしている間、たったの二時間なのに、母さんはこの女の赤んぼうの世話をしてくれない。すごくひどいと思う。結局、母さんは、人の世話をしすぎたのだ。もしフォスターの計算器がくるってないなら、母さんは十二万二千六百五十時間も、ぼくの世話をしてたことになる。どう考えてみたって、ぼくはすごくうるさかっただろうし、たくさん食べただろうし、すごくよごしただろう。たぶん、だから、ぼくの父さんは、たったの千八時間しか、ぼくにがまんできなかったんだ。ということは、フォスターの計算では、父さんは母さんよりも、百二十一・六七六五倍もずるいということになる。けどフォスターは、何回か計算器をおしまちがえたと思う。

「しかし、これはすばらしいね、エリック！　まったくもってすばらしい！　見たまえ、第一日目にして、この少年が何を学んだかを。いわゆる子育てというものから解《と》き放たれたとしても、親の責任《せきにん》には限《かぎ》りがないということをすでに学んでいる。乳児期《にゅうじ》の発達についても少し学習しているし、その上、このフォスターという生徒と協力して、かなり複雑《ふくざつ》な数学にも手を広げている」

フェルサム先生のこの反応《はんのう》に、カートライト先生はおどろいた。けれど、サイモンのおどろきといったら、それ以上だった。サイモンは頭を上げて、目の前の壁《かべ》をじっと見つめた。本当だろうか。あれは、ほめているのだろうか。

サイモンがやっとのことで書いた日記を、フェルサム先生はさっと読み直した。

「おもしろいな。この生徒は、自分の小麦粉ぶくろの性《せい》を女としているね。これについて、どう考えるかね、エリック？」

とは聞いたものの、興奮《こうふん》しているフェルサム先生は、カートライト先生の意見などを待つ気もなく、サイモンの日記の二ページ目を読み始めた。

第二日目

今日、犬のマクファーソンの目つきがへんだった。フラワー・ベイビーをひっくわえて、庭のすみでかんだりした。母さんは、うちの犬のよだれは、きれいだし、だいたい取れたからだいじょうぶだと言った。

もしぼくに、本当の赤んぼうがいたら、ぜったい、きょうけん病のちゅうしゃをぜんぶ打たせる。ぼくは、すごく注意してマクファーソンのようすを見ている。

フェルサム先生は、その二ページ目をひらひらさせ、勝ちほこったようにカートライト先生に言った。

「ほらね。わかるかい、エリック。二日目に学んだことは、織成《しょくせい》有機的素材《そざい》上にみられる犬の唾液滲出《だえきしんしゅつ》の汚染容量《おせんようりょう》……」

「ふくろの布地《ぬのじ》についた犬のよだれってことですか」

カートライト先生の言葉には遠慮《えんりょ》のない軽蔑《けいべつ》のひびきがあったが、夢中《むちゅう》になっているフェルサム先生は、まったく気づかない。

「そのとおり！」と、うなずく。「そればかりではない。乳幼児期《にゅうようじ》における予防接種《よぼうせっしゅ》が、生死に関わるほど重要だということを、もうすでに考え始めている」

フェルサム先生は、指先で二ページ目を軽くたたいた。

「エリック、おそらくこの少年は、もうすでに狂犬病《きょうけん》の初期症状《しょうじょう》を調べたのではないかな。そうでなかったら、マクファーソンのどんな状態《じょうたい》を注意して見たらよいのかわからないからね」

今までとまどっていたサイモンの表情《ひょうじょう》が、誇《ほこ》らしげなものに変わった。これまで、ほめられたことなど、あまりなかった。というより、一度もなかったのではないか。フェルサム先生のクラスだったらよかった。あそこでなら、自分はきちんと評価《ひょうか》されたはずだ。あのくそまじめなマーティン・サイモンが突然《とつぜん》あらわれ、自分はあのクラスから追い出されたのだ。マーテイン・サイモンと、サイモン・マーティン。名前を書くのに、どちらが先かなど、たいした問題ではない。いったい、どんなちがいがあるというのか。

フェルサム先生は、ぱらぱらと音を立てて、日記の束《たば》の中からサイモンの三日目をさがしている。自信がついたサイモンは、しゃがんだまま身体《からだ》を左右にゆすっていた。次は、どのようにほめられるかと期待しながら。

第三日目

今日、フーパーが、ぼくのフラワー・ベイビーをつかみ取って、いたずらしたので、こんちくしょうと言って、やつのサンドイッチをふみつけてやった。そしたら、カートライト先生が、ハーハー言いながら入ってきて、ぼくのフラワー・ベイビーを助けてくれて、そしてぼくたち二人は、ばつとして、反省室送りになった。ぼくとフラワー・ベイビーが、じゃなくて、ぼくとフーパーとが。

サイモンは、床《ゆか》のタイルに目を落とした。もう少し一生懸命《けんめい》にやればよかった。あともう少したくさん書けばよかった。どうも、フェルサム先生をがっかりさせたようだ。生まれて初めて後悔《こうかい》した。恥《は》ずかしさに身をちぢめながら、先生の落胆《らくたん》した声をドアごしに聞いた。

「昨日はあまり学習しなかったようだが、ま、しかし、心配はいらないよ、エリック。その少年が今日、反省室で有意義《ゆういぎ》に過《す》ごしてくれるように願うしかないね」

フェルサム先生の足音が、廊下《ろうか》を遠ざかっていく。カートライト先生が、「ふん」と小バカにしたように鼻を鳴らしたので、足音は一瞬《いっしゅん》とだえた。そのカートライト先生も廊下《ろうか》を反対方向に去っていったので、サイモンは、そっとトイレから出てきた。

クラスみんなのフラワー・ベイビーの日記が、束《たば》になってヒーターの棚《たな》の上にどさっと投げ出されている。今、反省室に行くのは気が進まない。時間どおりに行くことになり、それまでの「遅刻魔《ちこくま》」という評判《ひょうばん》に傷《きず》がつくというものだ。サイモンは壁《かべ》に寄《よ》りかかり、自分も日記の束《たば》をぱらぱらとめくってみた。

サジッドのものが一番読みやすかった。というのは、もう何回となくその話を洗面所《せんめんじょ》で聞いているからだ。

第三日目
ぼくは今日、フラワー・ベイビーをバスに乗せました。じゃまにならないようにわきの下にはさんでいたら、うるさいおばあさんが無理やりぼくをすわらせ、ぼくのひざの上にフラワー・ベイビーを置けというのです。フォールスヒル通りを走っている間じゅう、そのおばあさんは、フラワー・ベイビーをつっついたり、話しかけたりしました。ぼくは、その人はおかしいのだと思いました。ところが、がんか病院前でバスがとまると、そのおばあさんはバスをおりました。ぜったい、ああいうふうに目が悪くなりたくないです。

その下に、ラス・マウルドの日記があった。初めのところをちょっと読もうとしたけれど、字がきたなくて読めたものではなかった。あの「アルファベットを並《なら》べかえて、五つの野菜の名前を見つけましょう」というようなクイズの本よりむずかしい。あの本は、長い時間バスにゆられておばあちゃんの家に遊びに行くとき、お母さんが、いそがしいのに買ってきてくれたものだった。結局は読まなかったけれど。

ラスのものはついに読むのをあきらめて、リック・タリスの日記のほうにした。これはおどろくほど読みやすかった。タリスの字の癖《くせ》が、サイモンのものと似《に》ているからかもしれない。

だい一日め

あかんぼうをやるんだったら、おれは学こうにこないといったんだから、きょう、店のとこで、ヘンダーソン先生に見つかんなかったら、学こうにこなかった。あしたはぜったいにこない。じゃなきゃ、あさって、じゃなきゃ……

ふと、サイモンは、日記には少なくとも三つのきちんとした文を書かなければならない、という規定《きてい》を思い出した。リック・タリスは、さっそくその規定《きてい》を破《やぶ》っている。

サイモンは、タリスのその短い、ふてくされたような文に、もう一度目を走らせた。たぶん、フェルサム先生に手放しでほめられ、まだいい気分でいたからかもしれない。あるいは一瞬《いっしゅん》、物事を素直《すなお》な心で見られるようになったからかもしれない。とにかく、そのとき初めて、サイモンにはわかったのだ。どうして先生たちが、なまける生徒をあんなにこけにするのか、どうして先生たちが、授業《じゅぎょう》のたびに大声でおこったり、不機嫌《ふきげん》になったりするのかが。

「いいか、ジョージ・スパルダー。君は宿題をめんどうくさがってやらないようだが、それで困《こま》るのは先生ではない、君なんだぞ」

「タリス。君のこの、何もやっていない真っ白なページだがね。先生にしてみれば、まあ家に持って帰って採点《さいてん》しなきゃならない宿題が、一枚減《まいへ》るといったところだ。しかしな、君にとっては、君の脳《のう》にまた一つ真っ白な部分が残されるということなんだぞ」

「確《たし》かに、特に君にやれと言った覚えはないがね、ルイス。しかし先生は、『みんな、この宿題をやること。それからルイス・ペレイラ、君もやりなさい』などと毎回言う気にはなれんね」

ひらめくように、サイモンにはすべてがわかった。先生たちの純粋《じゅんすい》な心と確固《かっこ》とした覚悟《かくご》に感激《かんげき》した。先生たちは、毎学期、毎学期、生徒たちにベストを尽《つ》くさせようとがんばっている。けれど、その結果はどうだ。感謝《かんしゃ》されているか。サイモンは（ほかの多くの生徒たちも）、いつもいつもあんなひどいものを提出《ていしゅつ》しては、献身《けんしん》的な聖人《せいじん》ともいえる先生たちをバカにしていたんだ。そう考えて、ぞくっと身ぶるいをした。どうして今まで、そんな恩《おん》知らずでいられたのだろう。

サイモンはすぐに、その償《つぐな》いをしようと誓《ちか》った。まず手始めに、反省室では時間を有意義《ゆういぎ》に使って、あのフェルサム先生の一人よがりな期待にそえるようにしよう。固くそう決心したサイモンは、まず、フラワー・ベイビーの日記の束《たば》を整えてヒーターの棚《たな》にもどした。そしてかばんをかかえ、大股《おおまた》に廊下《ろうか》を歩いていった。いつものように掲示板《けいじばん》の前に立ち止まって、今週のお知らせのところにマンガを描《か》きこむこともしなかった。

ドアがものすごい勢《いきお》いで振動《しんどう》するのを聞いて、アーノット先生はさっと顔を上げた。それがサイモンだとわかると、ため息をついた。もう何回となくサイモンを反省室で監督《かんとく》したことがあるが、改心など、ついぞあったためしがない。これで反省室はうるさくなり、いつものように静かに採点《さいてん》もできなくなるのだ。

アーノット先生は、椅子《いす》の背《せ》にもたれかかり、サイモンが何をやり出すのか待った。まず最初は、もちろんフーパーをかばんでバンとなぐりつけるだろう。二人が反省室送りになったのはおまえのせいだからな、とフーパーに思い知らせるためである。

それからウォーミング・アップとなる。たぶん、〈鉛筆《えんぴつ》〉の寸劇《すんげき》が始まるのだろう。まず、鉛筆《えんぴつ》を貸《か》してくれとうるさくやり合うことから始まる。次に当然、鉛筆《えんぴつ》をけずる。音を立てて下に落とす。これ見よがしに、床《ゆか》のあちこちへと追いかけまわす。また鉛筆《えんぴつ》をけずる。そして、折れた鉛筆《えんぴつ》の芯《しん》を窓《まど》ガラスにはじき飛ばす。そのピンッという音で、アーノット先生が顔を上げるや、鉛筆《えんぴつ》はすでにドラムの撥《ばち》となっている。鉛筆《えんぴつ》で机《つくえ》の上をコツコツたたくのだ。

そうでなければ、アーノット先生の好きな〈血糊《ちのり》の舌《した》〉をやるか。この前に監督《かんとく》したときだった。サイモンはペンのカートリッジからインクを吸《す》い出し、自分の舌《した》を真っ赤に染《そ》めた。そのあとずっと、血まみれに見える気持ちの悪い舌《した》を、口からだらりと出したままでいた。先生は、お昼のサンドイッチを食べる気をなくしたが、かなり楽しんだものだ。今日もまた〈血糊《ちのり》の舌《した》〉をやってくれないかと、ひそかに思った。

けれど、一番好きなのは、なんといっても〈眠《ねむ》れる男〉である。それをやると、とても静かになるのだ。まずサイモンは、机《つくえ》におおいかぶさるようにだらしなく座《すわ》る。と、大きなあくびを二つ三つして、すぐにぐっすり眠《ねむ》りこんでしまう。だれが起こしても百年は目が覚めないのでは、と思えるほど深く眠《ねむ》る。そしてときどき（自分がいることを忘《わす》れられてしまわないように）、いびきをかく。遠くからひびいてくるやさしいさざ波のようなその音は、だんだん強まり、太く、深くなってきて、ついに大きく吐《は》く息が教室の窓枠《まどわく》をふるわせるほどになる。先生がふと校舎《こうしゃ》がこわれるのではと心配し始めると、はたと大きないびきはやみ、サイモンはまるで目を覚ましたようなふりをする。目をぱちくりさせてまわりを見まわし、年寄《としよ》りがやるように舌《した》を鳴らす。そしてまた机《つくえ》にうつぶせになると、このショーを最初から最後までくり返すのだ。そう、〈眠《ねむ》れる男〉は先生のお気に入りである。

では、きらいなものはというと、〈やかましい大バカやろう〉だ。たびたび見ているので、飽《あ》きてしまった。まず、サイモンは机《つくえ》に座《すわ》り、異様《いよう》なしかめっ面《つら》をする。ときには発作《ほっさ》的にぶきみな笑い声をあげたり、そうかと思うと、突然《とつぜん》おかしくなったかのようにぶつぶつ何か言い始める。ときどき、よだれも垂《た》らす。アーノット先生は、この〈やかましい大バカやろう〉はやらないでほしいと願った。けれど、万が一の場合も考え、アスピリン（痛みや熱などをやわらげる薬）がまだあるかどうか確《たし》かめようと、バッグに手を伸《の》ばしかけた。

と、先生の手が止まった。夢《ゆめ》でも見ているのだろうか、サイモンは、フーパーをまったく無《む》視《し》して室内を横切っていったのだ。ほかの三人の生徒たちからずっとはなれた机《つくえ》に行くと、椅《い》子《す》を後ろに引き、かばんからフラワー・ベイビーと、ノートの束《たば》と、ペンを取り出した。そして、悪ふざけもしないで、机《つくえ》の上にフラワー・ベイビーをうまく座《すわ》らせ、その頭を一、二度や

さしくなでてから、すぐに勉強にとりかかったのだ。アーノット先生は目をしばたたき、

「サイモン？　サイモン、あなた、だいじょうぶ？」

と、ささやくように聞いた。

「え、なんですか？」

と、顔を上げたサイモンは、軽くとがめるように聞き返した。まるで、大切なことを考えている最中にじゃまされたとでもいうように。

「ただちょっと、だいじょうぶなのかな、と思って」

サイモンは、先生を見つめた。

「はい、だいじょうぶですけど……。どうしてですか？」

先生は首をふった。

「なんとなく」

先生には、どうしても、これはふつうではないとしか考えられなかった。いや、もちろん、ふつうのことなのだ。ただ、サイモン・マーティンだと、何かが完全におかしいのだ。つまり、サイモンがふつうにやっているということは、ふつうではないのだ。

たぶん、この少年は病気なのだろう。熱があるのかもしれない。それとも、たった今大変なことを知らされて、ショックを受けているのかもしれない。お母さんが大型トラックにはねら

れたとか、電気のプラグで感電死したとか、川でおぼれたとか、それとも……。アーノット先生は、気をしずめて、わき上がってくるおそろしい考えを断《た》ち切ろうとした。そういうようなことがなくとも、サイモンが静かに席につき、ちょっとした作文ぐらいは書くこともあるのだ。先生は、自分の仕事にもどろうとした。けれど、できない。まったく集中できない。本から顔を上げて、サイモン・マーティンをじっと見守る。何をあんなに一生懸命《けんめい》に書いているのだろう。ページいっぱい埋《う》めつくして、何枚《まい》も書いているようだ。二年間もサイモンに英語を教えてきたが、今まで一度だって、授業中《じゅぎょう》に半ページも書いたためしはなかった。いったいどうしてこの少年は、そんなに一生懸命《けんめい》に書きつづっているのだろうか。

アーノット先生は、どうしても知りたくなった。そっと机《つくえ》からはなれると、ゴム底の靴《くつ》で静かにサイモンの背後《はいご》にしのび寄《よ》った。そして、ちょっと前にかがんで、何を書いているのか肩《かた》ごしにのぞきこんだ。ラス・マウルドの、あのわけのわからない字を二年間も判読《はんどく》してきているアーノット先生である。サイモンの字など読み取るのは、わけなかった。

第四日目

このふざけたフラワー・ベイビーを行く先々に引っ連れていかなきゃならなくなってから、ぼくは初めて、ぼくの世話をする羽目になった父さんのことを考えた。母さんに聞くと、父

さんはそんなにひどくはなかったそうだ。まっさかさまにぼくを落としたとか、タオルを取ってくる間、顔を下にしたままでぼくをおふろの中にうかしておくとか、そういったようなひどいことは、ぜんぜんしなかったらしい。

それだ、父さんがいなくなった理由は。

どうして父さんは出ていったのか、前に聞いたことがある。母さんやおばあちゃんは、ぼくとはなんの関係もないことなんだと、いつも答える。ぼくのせいじゃなく、そういうふうになる運命だったんだと。けど、昨日の夜、どういうふうに父さんは出ていったのか、母さんに聞いた。母さんはいつものようにごまかそうとしたが、そうはさせなかった。

サイモンのペンを持つ手は、はたと止まった。次をどう書いていいか、わからなかったのだ。あのとき、お母さんは目を丸くした。話にうんざりしてくると、よくそうするのだ。

「いったい何回言わなきゃならないの、サイモン。どうして出ていったのか、わたしにもわからないわ」

「『どうして』って聞いてんじゃないよ。『どういうふうに』って聞いてるんだよ」

「どういうふうに？」

「そう、『どういうふうに』さ。どういうふうに出ていったのか。どんなこと言ったのか。そして母さんは、なんと言ったのか。ものすごい喧嘩《けんか》をしたのか。おばあちゃんはその場にいたのか。そういったことだよ」

サイモンは、テーブルに身を乗り出した。

「父さんがどんなこと考えてたか、教えてくれって頼《たの》んでるんじゃないんだよ。それとはちがうことを聞いてんだよ」

お母さんは根負けしそうだった。そうとわかったサイモンは、このときとばかりに言った。

「ぼくには知る権利《けんり》がある」

お母さんは、テーブルごしに手を伸《の》ばしてくると、サイモンの手を軽くたたいた。

「ええ、そうよ。わかってるわ」

けれど、それ以上は何も言わない。そこでサイモンは続けた。

「母さんは父さんと終わりになった、そうだろう？　で、もちろん、父さんはぼくとも終わりになったわけだ。行方《ゆくえ》知れずで、送金してくれたことないし、手紙だって来ない。きっと今じゃ、私立探偵《しりつたんてい》だってさがせない」

サイモンは、上に重ねられているお母さんの手から、自分の手を引き抜《ぬ》いた。

「だけどさ、まだぼくのほうは、本当は父さんと終わりになってないんだよ。わかるだろう？　だから、考えなきゃならないこともあるし、知りたいことだってあるんだよ。そういうことの一つなんだよ、今、聞いたことはさ」

サイモンは強くこぶしをにぎりしめた。うつむいて、それをじっと見ていると、涙《なみだ》がこぼれそうになった。

「お願いだよ、母さん。父さんが家を出た日のことを話してくれよ」

お母さんは、一つ残らず話すしかなかった。その朝、お父さんが何を食べたとか、何を着ていたとか、そして、となりの家の犬がいつものように郵便《ゆうびん》配達に吠《ほ》えかかったとき、お父さんがとなりの人の悪口をどういうふうに言ったかとか、その朝にお父さんがしたことはすべて話して聞かせた。そして、お昼に何を食べたかも。スーに言った冗談《じょうだん》でさえも、お母さんは覚えていた。その当時、スーは赤ちゃんを抱《だ》きしめたくて、毎週、日曜日の午後になるとやってきていたのだ。

「その赤んぼうって、ぼく？」

「そうよ」

お母さんは、自分は無罪《むざい》だと警官《けいかん》にでも訴《うった》えるように、大きく手を広げて言った。

「本当よ、サイモン。別に変わったことなんかなかったのよ。ふだんの日とまったく同じだったのよ。あとになってから、人はなんだかんだと取りざたしていたけれど。やれお父さんは機《き》嫌《げん》が悪かったとか、やれ嫉妬《しっと》していたとか、やれもう見限《みかぎ》っていたんだとか……。でも、そういうことは一切なかったの。だから、お父さんがなかなか帰ってこないので、交通事故《じこ》とか何か、とんでもないことに出くわしたのではと、みんなで心配したくらいなのよ。あの日の午後、お父さんが服なんかつめこんだ青い大きなバッグを、こっそり裏《うら》の窓《まど》からロープで下ろしておいたってことがわかったのは、もっとあとになってからよ。ふらりと門を出ていったときには、何も持っていなかったんだから。両手をポケットに突《つ》っこんで、口笛を吹《ふ》いて。ビールとかチヨコレート・バーとか、そんなものを買いに行くんだと思ってたわ。でも、あの人は家の裏《うら》にまわって、そのバッグを拾い上げると、バスの停留所《ていりゅうじょ》に向かったわけね。その日のロンドン行きの最終バスに乗るのに、ぴったりの時間だったわ」

お母さんは悲しそうに笑った。

「もちろん、それを聞いて、おばあちゃんはもう、かんかんだった」

サイモンも思わず笑ってしまった。その様子は想像《そうぞう》できる。義理《ぎり》の息子《むすこ》が逃《に》げ去ったと知らせを受け、怒《いか》りくるって電話を切っただろう。

「火山みたいにだ」

お母さんはテーブルから立ち上がった。この話は、もうこれでおしまいにしたがっている。

サイモンは、いま少しお母さんの気持ちをそこに引き止めた。

「何、吹《ふ》いていたんだろう？」

お母さんはふり向き、サイモンを見つめた。そこで、サイモンは聞き直した。

「何を吹《ふ》いてたんだろう？　父さんがポケットに手を突《つ》っこんでふらっと門を出ていったとき、どんな歌を口笛で吹《ふ》いていたんだろう？」

「サイモン！　そんなこと、覚えているわけないじゃないの」

調子にのって口に出すことはしなかったが、どう考えてみてもおかしい。夫が門から出ていき、自分との生活を終わりにした日、食べたのがコーンフレークかどうかは覚えていて、どんなメロディーを口笛で吹《ふ》いてたのか覚えていないとは。メロディーのほうがずっと重要にきまっている。歌は、そのときのお父さんが考えていたことを知る手がかりになるのだから。今のサイモンよりほんの少し年上の男が、自分の人生をやり直すために家を出て、どんなことをするつもりでいたのか。それを知る手がかりになるのだ。

何を吹《ふ》いていたのだろう。『さらば、放浪者《ほうろうしゃ》よ』か、『長く孤独《こどく》な道』か……。それとも『都に行って再《ふたた》び帰らじ』だろうか。

あの晩《ばん》、お母さんが言ったことを、今、反省室でどんどん日記に書きしるしていると、そういった歌のメロディーが次から次へとうかび上がり、頭の中でくり返される。ともすると、メロディーの一節がサイモンのくいしばった歯の間から聞こえてきたりする。けれど、ほかの生徒たちのじゃまになっているわけではないし、サイモン自身も音が出ているのに気づいていないほどなので、アーノット先生は注意しなかった。それに、サイモンがそうやって熱中しているかぎりは、先生もそっとサイモンの背後《はいご》にまわって、書き上がっていくそばから日記を読んでいけるのだから。

そうして、母さんが言ったことで何が一番へんかというと、その日、父さんはふさぎこんでもいなかったし、いらいらしてもいなかったということだ。そうだとすれば、なんかまるで、ぼくたちをすてたというより、ただ次にやりたいことに、すっとうつっていったっていう感じだ。それと、ぼくには、ほかにもわかっていることがある。もしぼくがいなかったら、もし生まれなかったら、父さんは今はもうわすれ去られていて、母さんの昔のボーイフレンドの一人っていうことになっているだろう。二人の間にぼくができなかったら、父さんがどんなようすだったとか、朝に何を食べたとか、母さんは覚えていないだろう。というより、父さんの名前だってすぐには思い出せないだろう。

ぼくは、父さんが何を口笛でふいていたか、知りたい……

ベルが鳴った。

みんなが、期待に満ちたまなざしで先生を見た。そのときにはもう、アーノット先生はすばやく教卓《きょうたく》にもどっていたので、サイモンは、まさか自分の書いたものが先生に読まれていたとは思わなかった。

「終わりですか」

「ええ、行っていいですよ」

サイモンは、いつもよりゆっくりと机《つくえ》に出していたものをかばんにつめこみ、そしてドアに向かった。アーノット先生は、思いきって呼《よ》びかけてみた。

「サイモン……」

サイモンはふり返った。先生には、どういうふうに話せばサイモンを傷《きず》つけないですむのかわからなかったが、結局、友達のような調子でいくことにした。

「今日は、ずいぶんたくさん書いてたのね」

サイモンは肩《かた》をすくめた。

「ときどきね、学校の勉強に意欲《いよく》的になるのが、人より遅《おく》れる生徒がいるわ。『遅咲《おそざ》きの花』って呼《よ》んでいるけれど。何年間かはなまけていて、勉強ってなんなのかわからないでいるの。でも、ある日突然《とつぜん》、目覚めて、勉強が本当に好きになるのよ」

先生は待った。しかし、サイモンは沈黙《ちんもく》している。ここまでにしておいたほうがいいとはわかっていたが、先生はどうしても聞いてみたくなった。

「それって、今日のあなたのことじゃないかしら？」

サイモンは、自分の大きな足をじっと見つめていた。実際《じっさい》、サイモンは、一生懸命《けんめい》に日記を書いていたことに後悔《こうかい》はしていなかった。しかし今は、少し前まで感じていた情熱《じょうねつ》とか、先生への罪《つみ》の意識《いしき》とかは、ほとんど消え去っていた。自分が空っぽになってしまったように感じる。使いきってインクのなくなったペンのカートリッジのようだ。

　ほんの短い間だけだったが、さっきは新しい自分、生まれ変わったサイモンになろうとした。宿題をきちんとやって提出《ていしゅつ》し、昼休みは図書館で過《す》ごし、先生と研究課題について話し合いをしようとした。とにかく、反省室での四十分は、あれはあれでけっこう楽しかった。力を入れてペンを持っていたので、中指の横腹《よこばら》は赤くなり、手は痛《いた》くなったが（もっとも、十分間サッカーをやれば必ずできる打ち身とくらべれば、たいしたことではない）……。

　サイモンが残念だったのは、というより腹《はら》立たしかったのは、あの四十分が過《す》ぎ去ってしまったことだ。パチリと指を鳴らす間に、永久《えいきゅう》に過《す》ぎていってしまった！　一心に日記を書いていたサイモンは、その時間が過《す》ぎていくのに気がつかなかったのだ。あの四十分間のサイモンは、ほかのクラスにいるくそまじめな生徒のようだった。夢中《むちゅう》になって本を読んでいて、最後のページからふと顔を上げると、もうあたりが暗くなっているのにおどろく、といった生徒みたいだった。

だめだ、だめだ。しっかり見ていないと、そんなふうにして人生を終えてしまうのだ。気をつけなくてはいけない。

アーノット先生は、まだ、サイモンを期待をこめて見つめている。前からアーノット先生が好きだったサイモンは、先生の教育者としての夢《ゆめ》をこわしたくはなかった。足をもぞもぞさせながら、「たぶん」と、ぶっきらぼうにならないよう注意して答えた。が、すぐに、もう少しきっぱりとした調子で言い直した。

「たぶん、そうです」

それ以上アーノット先生に質問《しつもん》されるのがいやで、サイモンは、できるだけ急いでドアへと向かった。

廊下《ろうか》に出たとたん、装甲車《そうこうしゃ》のミニチュアのようなものと鉢《はち》合わせしてしまった。サイモンは壁《かべ》にべったり張《は》りついたまま、身動きがとれない。

「なんだよ、これは？」

と、サイモンは聞いた。

サジッドがほんの少し車を後ろに引いたので身体《からだ》が動かせるようになったサイモンは、車をしげしげとながめた。

「わからないか？　乳母車《うばぐるま》だよ」

「じゃ、どうして八個《こ》も車輪があるんだ？」

サジッドは目をくりくりさせた。

「それは、二つの乳母車《うばぐるま》を結びつけたからさ。タリスがくすねてきたヒューズ線で」

「で、なんに使うんだよ」

「フラワー・ベイビーにさ」と、サジッドは生き生きと目をかがやかせた。「いいかい、サイモン。前のほうの乳母車《うばぐるま》に、いくつフラワー・ベイビーをつめこめると思う？　一つも落とさないで」

サイモンは、自分のかばんからフラワー・ベイビーをぐいっと引き出すと、まるで女王様のように乳母車《うばぐるま》の中にすっくと立たせた。

「十ぐらいかな」

「そうなんだよ」と、サジッドはうれしそうに声をあげた。「こっちの前のほうには十個《こ》で、こっちの後ろのほうには九個《こ》。全部で十九個《こ》のフラワー・ベイビーが、この二つの乳母車《うばぐるま》に入るんだよ」

「だから？」

サジッドは、がまんできなくなった。

「頭を働かせろよ、サイム。これは移動式《いどうしき》の保育《ほいく》室なんだ。保育《ほいく》所だよ！」

「っていうより、押《お》しこめ車だろ」

サジッドは乳母車《うばぐるま》を押《お》し始めたが、二つが固く結びつけられているので、コーナーを曲がりきれない。そこで、高い声であっちだこっちだと指図するサイモンの言うままに、七回も、向きを変えながらターンしなければならなかった。

「だけど、そこが肝心《かんじん》なところなんだよ」

乳母車《うばぐるま》がやっとのことでコーナーをまわりきり、まっすぐに進めるようになってから、サジッドは言った。

「フラワー・ベイビーをたくさんここに押《お》しこめば、それだけお金になるんだから」

サイモンには、わけがわからない。

「お金だって？」

ふり向いたサジッドは、じっとサイモンを見すえると、頑《がん》とした調子で言った。

「慈善《じぜん》の保育所《ほいく》をやるっていうんじゃないんだ。責任《せきにん》を持つんだから、お金はもらうよ。これはビジネスなんだ」

サイモンは軽蔑《けいべつ》したように言い放った。

「やめとけよ、サジッド。だれも申しこみなんかしないよ。だれもな」

「そんなことはないさ。申しこむさ」

サジッドはわくわくしていた。

「もう十人も申しこんでるんだ。それにあと三人は、家に帰って、申しこめるかどうか財布《さいふ》の中身をかんじょうしてみるって……」

うわぁっ！

サジッドは、フェルサム先生にぶつかってしまった。すぐ先の廊下《ろうか》の角からあらわれて足早に向かってきた先生を、よけきれなかったのだ。サイモンは最悪の事態《じたい》を心待ちにした。さあ、すごくしかられるぞ。また反省室だ。罰《ばつ》として、「ぼくはこれこれのことをしました」と五十回書かねばならないぞ。

ところがフェルサム先生は、一呼吸《こきゅう》つくなり、その変わった八輪車のまわりをぐるぐるまわって観察し、どういうものか考えているのだった。

「すばらしい！」

先生は、くるっと向きを変えると、自分の後ろで実験用具を両手いっぱいかかえて立っている生徒たちに話しかけた。

「すばらしい！　まったく偶然《ぐうぜん》だ！　今朝、われわれは乗り物の連結について話し合ったばかりだったね。そして今、この廊下《ろうか》に、あのとき説明しようとしたそのものずばりの見本がある。よく見たまえ、この均衡《きんこう》のとれた、正確《せいかく》な長方形の構造《こうぞう》を。そして……」

そこで急に口を閉《と》ざし、乳母車《うばぐるま》の下をさっとのぞく。

「八輪……」

と言って、また黙《だま》ってしまった。そして、ヒューズ線を指差して聞いた。

「何かね、これは。三十アンペアのヒューズ線だね。ハイアム先生の実験室のものを持ってきたのでなければいいのだが」

と言い残すと、フェルサム先生は返事も待たずに、生徒たちを引き連れて行ってしまった。接近《せっきん》角度の不思議や、速さと速度のちがいを熱心に説明しながら。

サイモンとサジッドは壁《かべ》にもたれかかり、その一団《だん》が歩き去っていくのをじっと見守った。タリスが盗《ぬす》んできた十メートルのヒューズ線のことを、あまりとやかく言われなかったので、サジッドはほっとした。サイモンはというと、あのくそまじめな連中の仲間入りなどしない、とさっき決心したのは正解《せいかい》だった、と思った。二人は黙《だま》ったまま、まだしばらく見つめていた。そして、フェルサム先生の一行の最後の生徒の姿《すがた》が廊下《ろうか》の角を曲がって見えなくなったとき、サジッドは肘《ひじ》でサイモンを突《つ》っついた。

「ひどいもんだ……」

と、首をふりながらサジッドが言うと、サイモンもくり返した。

「ひどいもんだ……」

フェルサム先生の連結についての説明がまったくわからず、二人はわけもなく憂鬱《ゆううつ》な気分になっていた。その気分をふり落とそうと、強く身体《からだ》をゆすった。

急な坂のあるところを見つけて、乳母車《うばぐるま》をすべり落とし、大笑いしよう。

二人はいっしょに、乳母車《うばぐるま》を押《お》していった。

第六章　この、すばらしきもの

第十一日目。頭にきたロビン・フォスターは、自分のフラワー・ベイビーを川の中へキックした。しずむのは、あっという間であった。

三日前の体重測定《そくてい》のときには、何も問題はなかった。ロビンのフラワー・ベイビーが、世話の仕方が悪くて体重が減《へ》ったということはなかったし、濡《ぬ》れて体重が増《ふ》えたということもなかった。ところが、十一日目の今日、学校からの帰り道、ロビンの心の中で、何かがぷつんと切れてしまった。その結果が、ぶくぶく泡《あわ》立つよごれた水面と、それをじっと見つめる興味《きょうみ》ありげな顔、顔、顔となった。

「おしまいだ！」

「沈没《ちんぼつ》だ！　フォスター」

「おまえとベイビーの両方がだぞ……」

「なんで、こんなことしたんだよ？」

ロビンは、話す気さえないようだった。

「そうするしかなかったんだよ、わかるだろう？」

「いや、ぜんぜん」と、自分のフラワー・ベイビーの帽子《ぼうし》を引っぱってまっすぐに直してやりながら、サイモンが口をはさんだ。「わからないな。ぜんぜん」

ロビンは、顔をしかめた。

「それはさ、おまえのフラワー・ベイビーのほうが、おれのフラワー・ベイビーよりぜんぜん手がかからないからだよ」

「バカ言えよ」

と、サイモンは笑ったが、それは言えているかもしれないと思った。このフラワー・ベイビーの丸い大きな目でじっと見つめられると、世話をするのも苦にならなくなるのだ。気軽に話しかけてみることもたびたびあった。かばんの中に立てかけるようにフラワー・ベイビーを入れて、「気分いいか」と聞いたり、洋服ダンスの上に（そこはマクファーソンがとどかない唯《ゆい》一《いっ》の場所なのだが）のせて、「満足かい」と聞いたりと。

今ではもう、自分のフラワー・ベイビーで、「光りかがやく小麦粉ぶくろの爆発《ばくはつ》」をやる気はなくなってきていた。けれど、とにかくあの爆発《ばくはつ》は、まちがいなく、何か、とてつもないも

のであろう。だから、爆発《ばくはつ》させないフラワー・ベイビーをただ川にキックするだけで終わらせてしまうということは、サイモンにはちょっと考えられないのだ。

「なんで、したんだよ？」

と、サイモンはもう一度聞いた。

もし、聞きたがっているのがサイモンだけなら、ロビンは無視《むし》しただろう。今では学校じゅうに知れわたっているが、サイモン・マーティンは小麦粉ぶくろに夢中《むちゅう》になってしまっているのだから。けれど、あとの三人も、サイモンといっしょになってじっとロビンを見つめているのだ。グィン・フィリップスなど、自転車から降《お》りてしまっている。だれもが、立ったままロビンの答えを待っているのだ。まるで、傷《きず》ついた、あわれな子鹿《こじか》を取り巻《ま》いているジャッカル（オオカミに似た動物）のようだ、とロビンは思った。

「なんでかって、自分でもわからない」と、ロビンは固い口調で言った。「なんだか、たまんなくなってきたんだよ。毎日毎日、あのふざけたやつにじっと見つめられているみたいで、うんざりしたんだよ」

「おまえのは見つめないだろ。目がないんだから」

と、ついサイモンは言ってしまった。

ロビンは、激《はげ》しい言葉で言い返した。

「サイム！　とっとと失《う》せろよ！　そりゃ、おまえにはどうってことないだろ。平気でバカの真似《まね》して歩きまわれるやつなんだから。だれも、おまえのことなんか笑わないよ。ゴリラみたいな大きなやつが、六ポンドの小麦粉ぶくろの顎《あご》をなでたり、そいつに子守り歌を歌ってやったからって、だれもからかったりしないよ……」

「おい、おい。待てよ、フォスター……」

けれど、怒《いか》りにかられたロビンは止まらない。

「おまえには、どうってことないさ。おまえみたいな、偉《えら》そうにこぶしで胸板《むないた》をたたくサルにはさ。だれも、おまえにはちょっかい出さないさ。けど、おれたちはどうなるんだよ」

「そうだ、そうだ」

「まったくだ」

「フォスターの言うとおりさ」

サイモンは、そう言った連中のほうにぐるりと向き直った。

「ロビンのほうにつく気じゃないだろうな」

すでに、ロビンのほうについているのだ。

ウェイン・ドリスコルが、まず最初に口を切った。

「ロビンの言うとおりさ。おれだって、あれにはうんざりしてるんだ。行くところ、行くところに連れて歩かなきゃならないし、いつもきれいにしとかなきゃならないなんて、もうたくさんだ。ちょっと目をはなしてると、どんどんきたなくなってく。たったの三十分かそこいら置いとくために、絶対《ぜったい》だいじょうぶな場所をさがすなんて、もうこりごりさ。そこまでしたって、手に取ってみると、もう黒くなってる。いいか、今、おれだって、あれを川にキックしたくって、うずうずしてるんだ」

サイモンは、冷静になろうとした。

「サジッドの託児所《たくじしょ》は？　清潔《せいけつ》で安全だぜ」

すぐにウェインは答えた。

「金なんかないんだよ。となりの家から借りた石炭箱の払《はら》いがまだだしな」

サイモンはあきらめない。

「いいかい、ウェイン。ルイスのうちじゃ、もう絶対《ぜったい》、お化《ば》けパーティーはやらせてくれないさ。この前、あんなにめちゃくちゃに散らかしたからな。だから当分、石炭箱をお棺《かん》に使うことなんかないぜ。返しちゃえよ」

「そんなこと、できるかよ」と、ウェインはぴしゃりと言い返した。「もう、だめなんだよ。こわれちゃってんだよ。吸血鬼《きゅうけつき》三人と悪魔《あくま》が、箱を蹴破《けやぶ》って飛び出したんだからな。もう石炭入れには使えないんだ」

ウェインは、つらそうな顔をした。

「とにかく、となりの人に言われちまったんだよ。新しい石炭箱、返せって。さもなきゃ、警察《けいさつ》行きだってな。だから、新しいのを買って返さなきゃなんないんだ」

サイモンは、何かいい方法はないかと考えた。

「サジッドにつけにしてもらえば」

ウェインは笑い出した。

「バカ言うなよ、サイム。おまえさ、一日じゅう、そんな人形ばっか抱《だ》いてかわいがってるから、知らないんだよ。サジッドがヘンリーやビルを雇《やと》ったのを。あずかり料の支払《しはら》いが遅《おく》れているやつから、金を取り立てるためなんだぜ。ジョージがなんで今日おれたちといっしょに歩いて帰るか、おまえ、知ってるかよ。そいつらに、バス代を取られちまったからさ」

ウェインは、みごとにサジッドの真似《まね》をしてみせた。つらそうに、頭を片方《かたほう》にかしげ、「悪いな。だけど、これはビジネスだから」と。

まだ言い足らぬウェインを、ジョージは脇《わき》に押《お》しのけて不満をぶちまけた。

「そうなのさ。聞いてくれよ。歩いて帰るのはもういやだよ。このバカげたふくろの世話を頼《たの》むためにさ、毎日、あり金全部、サジッドにくれてやらなきゃなんないんだ。もう、いやだ。それに、だれも同情《どうじょう》なんかしてくれないし……やんなるよ。昨日の夜、どんなにサジッドがひどいか、母さんに話したんだよ。そしたらさ、笑うだけなんだぞ。それどころか、おれと弟が赤んぼうのときにサジッドの託児所《たくじしょ》があったらよかったって言うんだぜ。二、三時間おれたちの世話をしないですむんだったら、今の料金の二倍だって喜んで払《はら》ったってさ。この小麦粉ぶくろなんか、本物の赤んぼうとくらべたら、どうってことないって。何かを世話するっていう段《だん》になると、おれはどうしようもないって言われたよ」

ジョージの顔がくもった。

「とにかくさ、金なんて、めったにかせげるもんじゃないだろう？　おれは、先週のあずかり料をサジッドに払《はら》うために、来週分の小遣《こづか》いを前借りしなくちゃならないんだぜ。これじゃ、フラワー・ベイビーを先生に返すころには、何ヵ月分の借金をしてるかわかんないよ。何ヵ月もだぞ！　こうなったら、おれも、こいつを運河《うんが》にキックするしかないさ」

サイモンが何か言おうとすると、すぐにグィン・フィリップスが相槌《あいづち》を打った。

「おれもさ、この小麦粉ぶくろにはいいかげん疲《つか》れちゃってさ。このバカみたいなふくろを、自転車の荷台にくくりつけたり、自動車にはねをかけられちゃいけないってビニールぶくろに入れたり……もう、よけいな仕事ばっか多くって。夜になれば、やれいっしょに二階に連れて行け、朝になれば、やれ下に連れて来いって、毎日毎日、父さんや母さんに言われて、もう、へとへとと。部屋に残しておくときだって、ネコがいないかよく確《たし》かめなきゃなんないし。みんながやるんだったら、おれだって川にキックするよ」

グィンはもう、フラワー・ベイビーを荷台から乱暴《らんぼう》に取りはずしにかかっている。

そのとき、サイモンは、ウェインのフラワー・ベイビーをひったくろうとしていた。ウェイン・ドリスコルが、自分のフラワー・ベイビーをわしづかみにすると、前に出てドロップ・キックをしようとしているのだ。ウェインはさけんだ。

「競争だぞ。だれがフラワー・ベイビーを一番遠くまでキックできるか」

「だれのが一番速くしずむか」

「だれのが一番たくさん泡《あわ》を出すか」

サイモンは川のへりにすっくと立つと、大きく両手を広げた。

「よせ！」

一瞬《いっしゅん》、みんなはサイモンを見入った。

「そんな腹《はら》の立つ真似《まね》、やめろよ、サイム！」

「女のくさったの！」

「言っとくけどな。おまえ、今度のフラワー・ベイビーじゃ、すごく堕落《だらく》したぞ」

サイモンは、すべりやすい川縁《かわぶち》に立ったまま三人と向かい合い、びくともしなかった。そして説得にかかった。

「まあ、聞けよ。おまえらが小麦粉ぶくろをにくんでいるのは知ってるよ。バカげていて、理科っていう代物《しろもの》じゃない。そんなもんで悩《なや》まされるのはまっぴらだ。これ以上こんなふくろを連れまわすくらいなら、いっそのことなくしてしまって、老《お》いぼれカートホースにのされたほうがまだましだ――そう思っていることは、よく知ってる」

サイモンは、またもや大きく手を広げた。

「しかしだな、これは悩《なや》まされるだけのことはあるんだ……。そうだ、そうなんだよ。最後までやり続ければ……」

サイモンの目はかがやいている。この十一日というもの、ずっと心の支《ささ》えとなっていたあの光景を思いうかべているのだ。

「いいか、爆発《ばくはつ》なんだぜ。すばらしいんだ。おどろくほどなんだ。聖書《せいしょ》に出てくるようなやつさ。ほら、血の川や、カエルとかイナゴとか、初子《ういご》の災《わざわ》いとか（旧約聖書《きゅうやくせいしょ》「出エジプト記」に出てくる「十の災《わざわ》い」のうちの四つ）。まちがいない。教室で百ポンドの白い粉が爆発《ばくはつ》するんだぞ」

「だけどさ、フォスターのは、キックしても爆発《ばくはつ》しなかったじゃないか。しずんじゃっただけだぜ」

と、ジョージが意地悪く言った。

けれど、鉄のように固い信念で燃《も》え立っているサイモンには、それをかわすのは簡単《かんたん》だった。

「フォスターのキックが強くなかっただけさ」

これは賭《か》けだった。三人はたがいに見つめ合っていたが、気持ちはしだいに萎《な》えてきた。最初に思いとどまったのは、ウェインだった。この三年間、サッカーの試合になるとロビン・フォスターをバカにしていたのだ。実際《じっさい》、ロビンのキックには威力《いりょく》がなく、練習で紙ぶくろに入ったボール一つ、そこから蹴《け》り出せないでいた。

みじめにフラワー・ベイビーにふりまわされて、もう十一日も経《た》ってしまった。となると、フラワー・ベイビーをたった一回川へキックするだけでは、割《わり》に合わない。サイモンの言う爆《ばく》発《はつ》のほうが、まだましだ。それに、フラワー・ベイビーを川面《かわも》で爆発《ばくはつ》させる競争では、自分の一人勝ちだ。グィンのゴール・キックは、フォスターのものよりまだひどい。ジョージのキックだって、それよりいいとは言えない。二人の小麦粉ぶくろは、ロビンのと同じように、あとかたもなくしずんでしまうだろう。まちがいない。それに、サッカー・チームにいる自分がキックしたって、小麦粉ぶくろはただ、ずっと遠くへ飛んでいくだけだ。おもしろいバカ騒《さわ》ぎがひとしきり続くってことはないだろう。

そうだ。どう考えてみても、川へたったの一回キックするだけじゃ、このひどい十一日間の埋《う》め合わせにはならない。

「わかった、おまえの勝ちだ。待つよ」

と、ウェインは言った。けれど、まだ疑問《ぎもん》に思っている者もいた。

「なんでさ」と、ジョージ・スパルダーが食い下がった。「なんで待つのさ。サイムが今、そのすばらしい爆発《ばくはつ》について、しゃべりまくったから？　あいつの言うことを信じるなら、おまえバカだよ。サイムはまちがってる。あそこでもう四百年も教えているような老《お》いぼれカートホースは、教室で百ポンドの小麦粉をキックさせやしないさ。もし、させるんなら、あいつ、どうかなっちゃったんだ。けど、そんなこと、絶対《ぜったい》にあり得ないだろ。とすれば、サイムが聞きちがえたのさ」

サイモンのひびきわたる声は、自信たっぷりのものだった。

「あいつが、そう言ったんだよ。おれは聞いたんだ。いいか、おれは職員室《しょくいんしつ》のすぐ外で、盗《ぬす》み聞きしていたんだぞ。『百ポンド以上もの白い小麦粉がわたしの教室で爆発《ばくはつ》する』って、あいつが言ったのさ。あいつが言ったとおりの言葉なんだ」

ウェインの心はゆれた。川沿《ぞ》いの道にむらがって生えている草に、靴《くつ》の脇《わき》のところをすりつけながら、ウェインは言った。

「よくはわかんないけど、やっぱ、そういうのって、ちょっとありそうにないよな。けど、サイムが正しいのかもな。やっぱり……」と、急に声が高まった。まるで、ウェインのそれまでの冷めた考え方が、強い感情《かんじょう》に打ち負かされでもしたかのようだった。「サイムが正しくないなら、なんでおれたち、こんなくそおもしろくもないもの、いやいや世話なんかしてんだよ。ちゃんとやってんのかどうか、こっそり監視《かんし》までされてよ。サイムが正しくないなら、おれたちみんな、とっくの昔に頭にきて、こんなもの、ずたずたになるまで、キックしてるんじゃぁないのかよ」

だれか答えてくれないかと、ウェインはみんなを見まわした。

「どうしてだかは、先生から話があったじゃないか」と、ジョージ・スパルダーが教えた。「自分自身について学習したり、親になるってことについて学習したりするためさ。そこが大事なとこだって」

「それなら、おれの小麦粉ぶくろを川にキックしたからって、どうってことないんだ」と、ロビンがうれしそうに言った。「おれ、なんにもあのふくろから学習しなかったもの。まったく、なんにもさ。あのバカげた小麦粉ぶくろを十一日間連れ歩いてわかったことは、絶対《ぜったい》に、どんなことがあっても、死ぬまで、赤んぼうなんかいらないってことだけだよ。一日の半分赤んぼうをみてくれる人がいたり、となりに無料の託児所《たくじ》があったりすれば、話は別だけどさ」

だれもが黙《だま》りこくった。

「おれが思うには」と、ウェインが口を開いた。「もし、どんなに赤んぼうが大変か、ちょっとでもわかってたら、絶対《ぜったい》、だれも赤んぼうなんか欲《ほ》しがらないな」

　すると、ロビンが続けた。

「もし、まちがって赤んぼうができちゃったら、頭のいいやつなら逃《に》げ出すよ」

　相槌《あいづち》を打ってもらおうと、ロビンはサイモンを見た。けれど、サイモンはくるっと背中《せなか》を向けた。そのとき、はっとロビンは気がついた。うしろめたい気持ちでみんなをちらっと見てから、ロビンはサイモンの肩《かた》に手を置いた。けれど、サイモンはすぐその手をふりはらうと、今来た川沿《ぞ》いの道をまたもどって行ってしまった。

「どうしたんだ？」

　と、わけがわからず、ジョージ・スパルダーが聞いた。

「静かにしろよ」とロビンはささやいてから、もったいぶった調子で説明した。「おまえ、知らなかったのか。サイムの親父《おやじ》さんはさ、赤んぼうのサイムにがまんができなくて、たった六週間で出ていっちゃったんだぞ」

「そんな……。おれ、知らなかった」とジョージは答え、サイモンの後ろ姿《すがた》をじっと見つめた。

「長くは、親父《おやじ》さんといっしょにいられなかったんだ」

　すると、ロビンが偉《えら》ぶって言った。

「正確《せいかく》には、千八時間さ」

　だれもが、今までとはちがったまなざしでロビンを見た。そして、川沿《ぞ》いの道をどんどん遠ざかっていくサイモンを、一人ひとりが同情《どうじょう》の目で見守った。しかし、サイモンはもう、仲間など欲《ほ》しがっていなかった。

グィンが自転車にまたがった。

「じゃ、おれ、行くよ」

「おい、行こうぜ」と、ジョージがウェインを肘《ひじ》で突《つ》っつき、ロビンにも声をかけた。「おまえもだよ、ロビン。ここでぐずぐずしてたって、しょうがないよ。おれたちが行かなきゃ、あいつ、こっちに引っ返してこないぞ」

ジョージの言うとおりだった。曲がり角にある木立の中へとみんなが消えると、一分も経《た》たないうちに、サイモンがふり返った。もうだれもいないとわかったので、踵《きびす》を返してもどってきた。サイモンはやりきれない思いだった。仲間とは合わない。一人でいるのが一番だ。

六週間！　六週間だ！　不機嫌《ふきげん》そうに小石を蹴《け》って歩きながら、サイモンは考えた。確《たし》かに六週間は十分な長さだったのだ！　けれど、赤んぼうのサイモンの、どこがいけなかったというのだろう。六週間目にして、お父さんに、もうここにいてサイモンを育てても仕方がないと思わせたとは、いったいサイモンにどんな欠点があったのだろうか。サイモンは、たった十一日しか世話をしていないが、頭にきてフラワー・ベイビーを川にキックするということは、もうできなくなっている。だから、どうして自分の父親が出ていってしまったのか、それも、ある晴れた日に口笛を吹《ふ》きながら出ていってしまったのか、サイモンには想像《そうぞう》もつかなかった。結局は、サイモンが本物の赤んぼうだったためか。

本物の赤んぼうの何がいけないのだろうか。サイモンは赤んぼうをよく見るようになった。その朝も、学校に行くとちゅうで、赤んぼうにぶつかりそうになった。負《お》ぶいぶくろのようなものに入れられて、母親に背負《せお》われていた。母親は道の角で、信号が青に変わるのを待っている。十一日前だったら、たとえたくさんの赤んぼうとすれちがったとしても気づきもしなかったが、今は、どの赤んぼうにも目がとまるのだった。

その赤んぼうは、毛糸の玉飾《かざ》りがついている帽子《ぼうし》をかぶっていた。その帽子《ぼうし》のりぼんは、赤んぼうの顎《あご》の下で結ばれている。赤んぼうも帽子《ぼうし》も、なんて清潔《せいけつ》そうなのだ、とサイモンは不思議に思った。赤んぼうの頬《ほお》はピンクにかがやいているし、帽子《ぼうし》は真っ白で雪のようだ。どうやったら、そんなふうにきれいにしておけるのだろう。サイモンのフラワー・ベイビーは、一生懸命《けんめい》気をつけているのに、一日一日ときたならしくなっていくように思える。

サイモンのうらやましそうな視線《しせん》に気づいたのか、赤んぼうはふり返って、サイモンを見た。そのひょうしに、顎《あご》にかかっていた帽子《ぼうし》のリボンが、口元のところまでずれてしまった。サイモンは、リボンを顎《あご》の下にかけ直してやろうと指を近づけた。

その赤んぼうは、サイモンの指に気がついた。とたんに、おとなしそうな、ぷくぷくとした顔に笑《え》みをうかべた。その笑《え》みは広がり、顔の中に明るい電球がつけられたように思えた。魔《ま》法《ほう》のようだった。その顔は光りかがやいているのだ。

サイモンは、にたっと笑いかけた。なんて簡単《かんたん》なことなのだろう。赤んぼうが明るく笑っているのを見ると、自分が何かまったく信じられないこと、おどろくようなことをやってのけたように思えてしまう。指先から火花を出すだけでなく、耳からも火花を出しながら、三回宙《ちゅう》返《がえ》りをやるといったようなことを。

サイモンは、りぼんを顎《あご》の下にかけ直してやった。赤んぼうは身じろぎもしない。指が近づいてくるのにわくわくしてしまい、帽子《ぼうし》がぐいと引かれてまっすぐになったことにも気がつかないでいる。

自信を持ったサイモンは、指を小きざみに動かしてみた。すると、赤んぼうは大はしゃぎで、負《お》ぶいぶくろの中でばたばたとあばれる。

母親がふり返った。

「すいません」とサイモンが言ったとき、やっと信号が青に変わった。

その道すがら、ずっと、サイモンは赤んぼうのすぐ後ろを歩き、その頭の上で指を動かし続けた。赤んぼうは足をぱたぱたとさせ、きゃっきゃっと喜ぶ。ついにちがう方向に行かねばならなくなったとき、サイモンはとてもつらかった。今まで、あんなに人を喜ばせたことなどなかった。それも、あんなに簡単《かんたん》に。

あの赤んぼうはいくつだろう。サイモンには見当がつかなかった。もっとも、赤んぼうのことは何一つわからないのだが……。ドキュメント番組で見たことがある、生まれたばかりの、紫《むらさき》がかった小さな赤んぼうと、店の外などで見かける、着ぶくれした、ピンク色の大きな赤んぼうとを並《なら》べられれば、そのちがいはわかる。まあ、その程度《ていど》のものなのだ。たぶんお父さんも、ベビー・ベッドでだあだあと意味もなく声を立てている赤んぼうのサイモンが、数週間後、あるいは数ヵ月後には、信号のところで会った赤んぼうみたいにかわいくなるとは思いもよらなかったのだろう。ただ指を小きざみに動かすだけで、あの赤んぼうは、こちらをすばらしい気分にさせてくれた。

赤んぼうとは、こういうものだったのか。ほかのどんなものともちがった、特別なものなのだ。どうして、みんなが赤んぼうのおなかに口をつけてブーッとやりたがるのか、サイモンはわかった。たとえこちらが完全に打ちのめされ、みじめな生活をしていたとしても、赤んぼうは本当のスターだ、最高の人だと思ってくれるのだ。負《お》ぶいぶくろから落っこちそうになっても、ふり返って見てくれようとするのだ。だれもが、「こりゃあ」とか「まぁ」とかおどろいた声をあげ、赤んぼうがかわいいとめろめろになって話すのも、なんの不思議もなかったのだ。

以前は、それは親を喜ばせるためのお世辞《せじ》であって、本心だとはまったく考えてもみなかった。けれど今、サイモンにはわかったのだ。みんな、思っていることを口にしていたのだと。赤んぼうはすばらしいのだと。それは真実だった。本当に、こんなすばらしいものなど、お金では絶対《ぜったい》に買えないのだ。

では、どうして赤んぼうがそんなにすばらしいかというと、それは本当の人間ではないからだ。まだ人間になっていないと言うべきか。だから、特別にあつかえるのだ。簡単《かんたん》に好きになれる。ちょっとしたペットのようなものだ。毎日毎日、食べさせて、身ぎれいにしてやり、散らかしたあとも片《かた》づけてやるというように。親は、機嫌《きげん》が悪くても、自分のことは自分でやれなどとは赤んぼうには言わない。赤んぼうのために一生懸命《けんめいっ》尽くしているのに、赤んぼうは何もしてくれない、などと本気でおこる人はいない。

けれど、人間になると、一方がいつもだまされたり、大事にされなかったりと、話はもっと複雑《ふくざつ》になってくる。なんと数日前、フラズィー・ウッズでさえ、ルシンダにぴしゃりとやられたのだ。

「もうあなたとは、終わりにするわ」と、ルシンダはさけんだ。「一方通行的な関係にはうんざりだわ。わたし、あなたの応援《おうえん》をしにサッカーの全部の試合に行ったのよ。練習にだっていっしょに行ってあげたわ。それなのに、わたしのバドミントンの最終戦に応援《おうえん》に来て、と頼《たの》んだとき、あなた、なんて言った？『時間がないよ』って言ったわね」

そして今、フラズィーは、学校から帰ってくるとルシンダに電話をして、出てきて話し合ってくれと頼《たの》むのだが、いつも返事は「時間がないわ」であった。

それにくらべれば、赤んぼうを愛することなど、ケーキのようにあまく、楽しい。

突然《とつぜん》、胸《むね》がいっぱいになって、サイモンはその場に立ちすくんだ。フラワー・ベイビーをかばんから引き出し、川岸に座《すわ》りこんで、膝《ひざ》の上に置いた。

「おまえのどんなとこが好きかと言うと……」と話しかけながら、サイモンは、フラワー・ベイビーの丸い大きな目をじっとのぞきこんだ。「おまえとは、うまくやっていけるんだ。おまえ、母さんみたいじゃないからな。母さんはいつも口うるさいんだ。やれ食べたあとの食器は流しに置けとか、やれドアをもっと静かに閉《し》めろとか、やれ床《ゆか》に脱《ぬ》ぎすてた靴《くつ》を片《かた》づけろとか言って。それから、おまえ、おばあちゃんみたいじゃないしな。おばあちゃんはいつも、ずいぶん大きくなったと言ったり、卒業したら何になるんだと聞いてきたりする。学校の先生は、おれが今とはちがった人間になることを期待してるんだけど、おまえは期待しないしな。スーみたいに、おれのこと、からかったりしないし。それに、おれから逃《に》げるということはないだろう。ちょうど、父さんがそうだったみたいにさ」

フラワー・ベイビーを小脇《こわき》にかかえこむと、サイモンは川面《かわも》を見つめた。

「おれは、おまえが本物の赤んぼうでもかまやしないと思う。たとえ、やることが増《ふ》えてもだ。

おまえが泣きわめいても、おむつをよごしてばかりいても、店ですごいかんしゃくを起こしても。そんなの、かまわないさ」

フラワー・ベイビーをのぞき見ると、脇《わき》の下で、心配もなく気持ちよさそうにしている。フラワー・ベイビーの鼻のあたりと思えるところを、サイモンは指で突《つ》っついた。

「おれにはわからないんだ。どうして赤んぼうが虐待《ぎゃくたい》されるのか」

フラワー・ベイビーの大きな目でじっと見つめられて、サイモンはくわしく話し出した。

「母さんが知ってるだけでも、かなりあるそうだ」と、サイモンは思わず顔をしかめた。「おれの歯が生えてきたころに、いったいどのくらいおれのことをおこったのか、数えたくないんだって」

サイモンは、あきれ返ったように首をふった。

「それから、おばあちゃんの話なんだけど。おばあちゃんのお姉さんが、一度すごく頭にきて、自分の赤んぼうをベビー・ベッドの中にたたきつけたんだってさ。そしたら、足が一本折れちゃったんだぜ。……赤んぼうの足じゃなく、ベビー・ベッドの脚《あし》のほうだけどさ」

その点をはっきりさせてから、サイモンは続けた。

「スーは頑《がん》として言い張《は》るんだ。もし、赤んぼうに夜中に起こされたりして毎日八時間の睡眠《すいみん》がちゃんと取れなかったら、ものすごくいらいらして、家族がいれば、全員一週間以内に皆殺《みなごろ》しにしてしまうってね。だから、ずっと独身《どくしん》でよかったって」

サイモンは、フラワー・ベイビーを脇《わき》の下から引っぱり出して、また膝《ひざ》に置いた。

「一度、母さん、スーといっしょにキャンプに行ったことがあって……。二日ぐらいだったけど……。で、帰ってきて言うのさ。スーの言うことがよくわかったって」

サイモンは、フラワー・ベイビーのおなかを突《つ》ついた。

「ロビンを見ろよ。あいつ、ふだんはかなりのんびりとしたやつなんだ。消しゴムのかすを机《つくえ》にためこんで老《お》いぼれカートホースにがみがみ言われたときでも、がまんしてたし、ウェインに不器用だってからかわれたときも、がまんしたしな。あんなふうにひどく頭にくるなんて、ロビンらしくないいんだよ」

サイモンは、黒く流れる川をフラワー・ベイビーの頭ごしに見つめながら、考えた。あれは、何か特別なことが起きて、ロビンの怒《いか》りが爆発《ばくはつ》したというのではなかった。どうしてあんなに真っ赤になって逆上《ぎゃくじょう》したのかわからない。すべては、グィンが、だれかからワーク・ブックを借りようとしたことから始まったのだ。

「なんでだよ」

「昨日の宿題だったとこさ、写させてほしいんだ」

「じゃ、おれのじゃだめさ。答え、すごくまちがってるからな」

と、ウェインが断《ことわ》った。

ジョージも自信たっぷりに言う。

「おれのだって、だめさ。カートホースのやつに、『まぬけなサルだっておまえよりできがいい』って言われたくらいだからさ」

グィンにとって、写させてもらえるなら、よくできていようがいまいが、どうでもいいことだった。

「カートホースは、ただ『やってこい』と言っただけだよ。だから、まちがってたっていいんだ」

すると、「おれのでかまわないなら、貸《か》してやるよ」と、ロビンが言ってくれた。「おれの宿題、あいつにどうしようもないと言われたことないから、きっとだいじょうぶだと思う」

「そりゃ、いい。じゃ、頼《たの》むよ」

グィンをそばで待たせ、ロビンは学生かばんをかきまわした。数学の教科書とドゥパスキュー先生に借りた絵入りの新しいフランス語の辞書を脇《わき》に寄《よ》せ、かばんの奥《おく》に急いで手を突《つ》っこむ。そのひょうしに、フラワー・ベイビーが泥《どろ》んこの道に転げ落ちた。

「くそ！」

ロビンは拾い上げると、泥《どろ》や砂《すな》が一番ひどくついているところをはらってから、持っていてもらおうとグィンにトスした。案の定、グィンはフラワー・ベイビーを取りそこなってしまった。

フラワー・ベイビーは、泥《どろ》の中にまた落ちてしまった。ロビンは拾い直すと、今度は道の脇《わき》の木の茂《しげ》みの中にぎゅっと押《お》しこんだ。それからかばんの中に深々と手を突《つ》っこんで、ガサゴソと宿題をさがした。その背後《はいご》では、フラワー・ベイビーが静かな音を立てて裂《さ》けていっているのだが、ロビンはまったく気がつかないでいた。それに気づいたのは、ついにその小さな布ぶくろがかなり引き裂《さ》かれて、泥《どろ》の中にずさっと落ちたときだった。

突然《とつぜん》、ロビンはかんしゃくを起こしのだ。

「くそったれ！」とさけんだ。「くそったれ！　くそったれ！　くそったれ！」

グィンはびっくりして、あとずさった。グィンが悪いのか。いや、そうではない。このフラワー・ベイビーのせいだ。地面から拾い上げると、ロビンはその布ぶくろをふって、中の小麦粉をまき散らした。

「くそったれ！　くそったれ！」

と、またさけぶなり、ふくろに強烈《きょうれつ》なパンチを入れた。

小麦粉が煙《けむり》のようにパアッと舞《ま》い立った。

ロビンは猛《たけ》りくるっていた。

「フラワー・ベイビーの世話をしなさい！」と、大声をあげたかと思うと、この数日間というもの、いつもいつもがみがみと言われ続けてきたことを真似《まね》し出した。「忘《わす》れないように！　ここに連れて来なさい！　向こうに連れて行け！　自転車にちゃんとくくりつけなさい！　なくさないように！　泥《どろ》だらけにしない！」

一つさけぶごとに、フラワー・ベイビーに強烈《きょうれつ》なパンチをくらわす。

「濡《ぬ》らすんじゃない！　よごさないで！　落とさないように気をつけろ！　いつも本物の赤ちゃんだと思わなくては！」

今度は、フラワー・ベイビーをひどく乱暴《らんぼう》にうちふるった。ほころびはさらに大きくなり、小麦粉が道にまき散らされた。

「おまえを本物の赤んぼうのようにあつかえだって？　よし！　そうしよう！　おまえが本物の赤んぼうっていうなら、おまえがおれの赤んぼうっていうなら、おまえを川にキックしたっていいわけだ」

と言うなり、ロビンは、みんなの目の前で片足《かたあし》を後ろに引き、小麦粉のふくろから手をはなし、そしてやってしまった。

バッシャン！

サイモンは、土手に腰《こし》を下ろして、静かに思い出していた。破《やぶ》れていたふくろはすぐにしずんでしまい、道にまかれた小麦粉も一瞬《いっしゅん》のうちに風に吹《ふ》き飛ばされてしまった。一分も経《た》たないうちにすべて消えてしまった。一抹《いちまつ》の哀《かな》しみと泡《あわ》だけを残して。

サイモンは、自分のフラワー・ベイビーを胸《むね》にしっかりと抱《だ》きしめた。

「いろいろとわかんないことが多いけどな、これだけははっきり言える。いいか、おれはおまえを絶対《ぜったい》にキックしないぞ。絶対《ぜったい》にだ」

第七章　重い荷物はたくさんだ

十六日目、カートライト先生のクラスは、授業《じゅぎょう》にならなかった。

フィリップ・ブリュスターは、椅子《いす》から勢《いきお》いよく立ち上がると、中国人が世界で一番背《せ》が高いと言い出す。ルイス・ペレイラは、自分の机《つくえ》をずんずん横に押《お》していって、列の外にはみ出ようとしている。ルイスに言わせると、天井《てんじょう》のちょうど自分の頭上にあたるところに猛毒《もうどく》のクモがいて、それがよだれまで垂《た》らしているとのことで、カートライト先生がルイスの言い分を認《みと》めるまで、押《お》すのをやめなかった。ビル・シモンズは、腕《うで》にインクで大きなヤグルマギクを描《か》き、さらにそこにめざわりな文様を描《か》き足し、刺青《いれずみ》のようにしている。そして、ふだんはおとなしいロビン・フォスターでさえも、窓際《まどぎわ》に置かれているペチュニアの鉢《はち》をめがけて、消しゴムのかすをせっせと弾《はじ》き飛ばしている。

「よーし、わかった。そういうことなら、君たちの日記をいくつか読んでみることにするか」

すぐに不満の声があがった。それがかなり大きくなったときをみはからい、カートライト先生は脅《おど》しをかけた。

「それがいやなら、昨日のひどいできだった試験をもう一度やってみるか」

試験と聞いて、クラスはあわてふためき、日記のほうとなった。グィン・フィリップスは、机《つくえ》の上のフラワー・ベイビーに頭をのせ、目を閉《と》じていた。親指を口に入れているが、だれもバカにしなかった。まるでそれが、一日を終えた一幅《いっぷく》の絵のように思えたのだろう。幼《おさな》かったころにもどったかのようだった。

すぐに、みんなは思い思いの格好《かっこう》で手足を伸《の》ばした。なかには、サイモンを真似《まね》して、フラワー・ベイビーを机《つくえ》の上に立てかけている者もいた。

「では、まずヘンリーのからいこう。九日目のヘンリー」

ヘンリーはこぶしを元気よく上げた。

先生は読み始めた。


ぼくはフラワー・ベイビーが大きらいだ。この世で一番きらいだ。そいつは重くて、一トンもありそうな気がする。父さんに、ぼくの生まれたときの体重を聞いたら、弟のジムや妹のローラのとごちゃまぜになっていて、八ポンドぐらいだと言った。八ポンドだ！　このでぶの三こ分の重さだ。キロに直すとどれくらいかと聞くと、父さんはとたんに不きげんになって、おまえのばんめしをつくらにゃならんし、おまえの自転車もしゅうりせにゃならんと言う。宿題さえ、父さんをあてにはできなかった。

先生はここでやめた。居眠《いねむ》りもしないで最後まで聞いていた生徒たちからは、そうだ、そうだという声がかすかにあがった。

「次はタリスの日記だが、これは八日目のものだ。タリスが欠席なので君たちに言っておくが、二日目から七日目、そして九日目から十三日目の分が、どういうわけか見当たらない」

みんなは笑った。カートライト先生は、その笑い声のおさまるのを待ってから、タリスの日記を顔をしかめて読みあげた。

フラワー・ベイビーにはなくそがついてる。でも、とらない。おれがつけたんじゃないのに、どうしておれがとらなきゃなんないんだよ。

そして、「それだけだ」と先生が言うと、喝采《かっさい》があがった。それに元気づけられ、先生はリック・タリスの十四日目の日記を取り上げた。

おれがたくさん休んだら、それはフラワー・ベイビーのせいだ。とにかく、学こうにもっとくるのがいやになったんじゃなくて、あれがいっしょじゃ、ぜったいあしたもこないってこと。

先生は顔を上げて、みんなを見まわしてから言った。

「文ごとに番号をつけているが、これは、文を三つ以上書くようなへまは、絶体《ぜったい》に避《さ》けようとしたためらしいな」

そして、山積みになっている日記をかきまわした。

「ほお、これはおもしろい。二つともまったく同じだ」

と言って、まずウェイン・ドリスコルのものを読み始めた。

おれが生まれたとき、おれの家はとてもびんぼうだった。バケツの中に住んで炭を食っていたようなものだと、母さんは言った。それは、おれがみにくい小おにみたいだったせいだと、じいちゃんは言った。母さんがじいちゃんと口をきかなくなったので、じいちゃんは少しの金も母さんにかしてくれなかったんだろう。母さんの考えだと、ぼくは黒くてじいちゃんは黒くないから、じいちゃんはいやになったらしい。けど、それがなんだっていうんだ。じいちゃんはおれの父さんじゃない、ただのおれのじいちゃんなんだ。もしおれが全身真っ白で生まれたら、父さんは、おれのことをいやになるどころではなかったと思う。母さんは、白か黒かっていう問題にはうんざりで、世界じゅうのみんなが緑だったらいいって言う。

カートライト先生はもう一枚《まい》、もっとうすぎたない紙を取りあげると、この悲しい話をもう一度読み上げた。一語一句《く》、まったく同じだ。

クラスの者が次々と顔を上げ、グィン・フィリップスを見つめる。

「なんだよ。なんで、みんなでおれのこと、にらむんだよ」

と、グィンが声をあらげたので、

「どんなものでも、そっくりそのまま写しちゃいけないんだよ」と、ロビン・フォスターが親切にも説明してあげた。「君にはよくわかるはずだよ。君は黒くなんてないんだから」

グィンは何かぶつぶつ言い始めたが、ほとんど聞こえなかった。そのつぶやきの中には、ときおり「差別」というような言葉がまじっていた。

先生は、グィンを無視《むし》し、「次にいっていいかな」と、楽しそうに言った。「サジッド・マーマウドの十四日目のものだ」

サジッドは、得意満面の顔をして、教室じゅうを見まわした。何人かは不愉快《ふゆかい》そうな顔をしたが、ほかの者は、そんなサジッドに気づかないふりをしてみせた。

今日までに、うまく百ポンド（ポンドはイギリスの貨幣《かへい》の単位。一ポンドがだいたい二百円）以上もうけられるはずだったが、どういうわけか、六人もぼくのほいく所にフラワー・ベイビーをあずけないし、タリスは完全にやめたし、そしてほいく所を考えついたのが四日目だったし、そしてまたヘンリーとルイスをやとっているし、しかもあずかり料をしぶってはらわない者が出てくるしで、結局、その半分の五十ポンドにしかなっていません。なんたって……

と、そこで読むのをやめて、カートライト先生はその先の言葉をみんなに当てさせた。

「これはビジネスなんだから」と、みんなは声をそろえて答えた。

先生は、もう一度サジッドの日記に目を走らせ、

「これだと、文が二つだけだぞ」

と、注意した。

不服に思ったサジッドが、正しいコンマの使い方について延々《えんえん》と先生とやり合っていると、ほかの生徒たちの間から、サジッドを非難《ひなん》する声が出てきた。

「……おれたちから盗《ぬす》み取りやがって！」

「……もう四週間分の小遣《こづか》いをだまし取って！」

「……この分じゃ、いつまでたっても石炭箱を弁償《べんしょう》なんかできやしない……」

「泥棒《どろぼう》みたいなものさ、はっきり言って……」

カートライト先生は、不愉快《ふゆかい》そうに机《つくえ》の上に腰《こし》をかけた。まず手で制《せい》してサジッドを黙《だま》らせると、みんなに注意をした。

「君たち、べつだん、だれかに強制《きょうせい》されて保育《ほいく》所にあずけたわけではなかろう」

そして、急いでほかの生徒の日記の紙をつまみ上げた。

「これはサイモンのだな。十日目のサイモン」


ああいうふうにフォスターがフラワー・ベイビーを川にキックしたのには、本当におどろいた。フォスターは頭の悪いやつではない。ほんとのところ、実にいいやつなんだ。アーノット先生がいつも言っているように、まだ子どもっぽいところがあるせいかな。


カートライト先生は、読むのをやめて顔を上げると、サイモンに言った。

「君の文章をだな、このように全部、つっかえずにすらすら読めるということは、まさにわたしの判読《はんどく》技術《ぎじゅつ》のおかげなんだぞ。そのことに気づいてもらいたいものだね」

先生の言っている意味がわからず、サイモンは、腹《はら》立たしげにぼそぼそつぶやいた。それを先生は、読み進めてもいいということだと受け取った。


でも、母さんは、ロビンのかたを持った。母さんは言った。おまえだって、だれかがふざけたことをしたと言っては、その人たちにひどいことをしたじゃないの、と。ヒヤシンス・スパイサーのところでサボテンを投げつけたり、おばあちゃんのかつらをタリスの犬にかじらせたりしたじゃないの、と。それから、あと二つ、三つ、この日記の中ではぜったいに書けないことをやったが、そういうことのせいで、ぼくはまだ、ろくでなしと思われているのだ。


運の悪いことに、ジョージ・スパルダーは、他人のプライバシーをおおっぴらにすることなど平気であった。

「絶対《ぜったい》書けないことって、それは、サイモンが地理のプロジェクトをトイレの中に流しちゃって、床《ゆか》を全部水びたしにしたときのことだよ」

「それ、ちがう」と、タリク。「アーノット先生のアスピリンをスナネズミに食べさせちゃって、かわいそうにぐったり気絶《きぜつ》したときのことなのだ」

ちゃんと意味が通じたかどうか、タリクはあたりを見まわした。そして、だれかがかんちがいしないように、はっきり言い足した。

「アーノット先生じゃないよ。スナネズミが」

「ちがう、ちがう、ちがう！」とウェインが、いらだった声を張《は》りあげた。「それはだな、あいつが、赤で大きく『危険《きけん》』と書いてある標識《ひょうしき》に上って、そっから金網《かなあみ》のフェンスを乗りこえて、中にある、あのでっかいガス・タンクにもたれかかって、静かに煙草《たばこ》を吸《す》って、そいでつかまったときのことを言ってんだよ」

カートライト先生は、今までとはちがった目でサイモンを見つめた。たいした男なんだ。そして強い。けれど、これまでこの少年がぶらぶらと人生を歩みながら、次から次へとこういう荒々《あらあら》しいことをやってのけていったのを、まったく知らないでいたのだ。

そのとき、カートライト先生は、はっと気づいた。みんなが期待をこめて自分を見つめているのだ。何か、この場にふさわしい、教育者らしいことを言わねばならない。そこで、「煙草《たばこ》はいかんな」と、サイモンをとがめた。「背《せ》が伸《の》びなくなるぞ」

そしてすぐ、フィリップ・ブリュスターの十日目の日記に進んだ。

ひどいもんだ。ぼくのフラワー・ベイビーは最低だと思ってたけど、となりの家にほんものの赤んぼうがいて、そいつが泣きわめく。ひっきりなしに。かべを通して聞こえてくるんだ。金魚のトリッシュには言ったけど、あれがもしぼくの赤んぼうなら、その首、ロープでくくってるよ。

カートライト先生は、引きこまれるように日記の束《たば》の中をかきわけて、フィリップの十一日目のものをさがした。

何がいけないいんだか。ぼくだと、聞こえないぐらい低い音でラジオをかけていても、ひどくしかられる。けど、この赤んぼうの泣き声は、ボリューム最高でひとばんじゅうかかってるんだ。ぜんぜん夜ねむれなくて、次の朝、給湯タンクに火をつけに下に行くと、あれがうちの赤んぼうじゃなくてよかったと、みんなが言っていた。けど、うちのだったらよかったんだ。そしたらすぐにでも、泣けないようにしてやれたのに。

みんなが、ふり向いてフィリップを見た。フィリップは顔を赤らめている。

「続けてください。先生、続けてください。十二日目のを」

と、タリクが先生に頼《たの》みこんだ。

カートライト先生は、フィリップの十二日目のをさがし当てた。

ぼくは、ちょっととなりに行って、そこんちのおばさんに、うるさくてあんまりねむれないと言ったら、おばさんは完全にぼくはつしてしまった。ぼくはどうにか、ようがんに飲みこまれる前ににげかえった。赤んぼうのいる人って、わからない。まったくわからない。

この最後の言葉に賛成《さんせい》するように、熱のこもった喚声《かんせい》がひびきわたった。

「そうだ。赤んぼうのいる大人って、完全におかしいぞ」

「どなり散らすばっかりだ」

サジッドは、いつものように、きちんと肝心《かんじん》なことを指摘《してき》した。

「つまり、あの人たちは、泣きわめいたり、きたなくよごしたり、お尻《しり》をふいてもらわなくてはならなかったりする赤んぼうを、一日じゅう小脇《こわき》にかかえて歩きまわっているんだ」

ヘンリーが口をはさんだ。

「尻《しり》だけじゃないんだぜ。母さんが言うには、鼻もふいてやんなきゃいけないってさ」

「ぞっとするな」

「うんざりだ」

「考えると、気分悪くなる」

「それでもって、一晩《ひとばん》じゅう泣きわめくんだ！」

この発言に調子づいたフィリップ・ブリュスターは、後ろの席から、また自分の体験をくり返した。

「それだけしか言わなかったんだ。赤んぼうが一晩《ひとばん》じゅう泣いたって。それなのに、あのおばさん、爆発《ばくはつ》したんだ」

サジッドがまた話し始める。

「なかには、ぼくたちのよりもっと重い赤んぼうもいる。叔母《おば》さんが連れてくるのは、二十四ポンド（約十一キログラム）もあるんだ。二十四ポンドも。それなのに、叔母《おば》さんは抱《だ》いてなきゃいけない。まだ歩けないから」

ウェイン・ドリスコルがあとを続ける。

「それって、本当にいらつくよな。あいつらは歩けない。話せない。ボールをキックできない。スプーンだって、自分の顔の近くにもっていけない」

「完全なやっかいもんさ」

「川にフラワー・ベイビーをキックしたからって、ロビンが悪いんじゃないよ」

「ロビンのフラワー・ベイビーは、運がよかった」と、タリクが陰気《いんき》な調子で言った。「ずいぶんと昔は、赤んぼうは山ん中に放り出されたのだ」

「そうじゃなきゃ、料理されて食べられたりとか」

ここに至《いた》って、カートライト先生は、クラスの活発な討議《とうぎ》を軌道修正《きどうしゅうせい》する必要あり、と感じた。

「いや、そんなことはないだろう、ジョージ。料理されて食べられるってことは」

が、ジョージはゆずらない。

「いえ、そうなんです、先生。豚肉《ぶたにく》と同じ味がするんです。本に書いてありました」

もっと話を聞かせてもらおうと、クラスはざわざわと騒々《そうぞう》しくなった。けれど、研究熱心といえる二、三の質問《しつもん》の声で、それも静かになった。

「なんの本だよ？」

「それ、まだ持ってる？」

「借りられるかな？」

「豚肉《ぶたにく》だって？」

「カリカリの皮は？　赤んぼうの皮も、焼くと豚《ぶた》みたいにカリカリになるのかな？」

あわてたカートライト先生は、ちがうことを言い出した。

「赤んぼうのいる人たちが、そろいもそろってみんなどなり散らしたり、おかしくなったりするわけではないぞ。実際《じっさい》、君たちの中にだって、いつかは赤んぼうを欲《ほ》しがる者も出てくるだろう。まあ、多くの場合は過失《かしつ》でできてしまうもんだが、それはさておいて……」

するとおどろくほど激《はげ》しい感情《かんじょう》のうねりが、教室内にわき起こった。

「おっそろしいな！」

「過失《かしつ》で赤んぼうができるんだって！」

「ひどいな！」

「ぼくは、絶対《ぜったい》に過失《かしつ》でつくってしまうなんてことしないさ。するもんか」

と、ビル・シモンズはすでに泣いているようだった。

「こわくって、考えたくないよ。不注意な一瞬《いっしゅん》。そして……ものすごく、大変だ」

と、グィンも同じ意見である。

「一度のつまずきで、人生が終わり」

「ショックだな」

女の子のことなら一番よく知っていると言われているルイス・ペレイラは、ここぞとばかりに、仲間内の話という感じでみんなに注意した。

「それにだよ、こっちの過失《かしつ》じゃないこともあるんだからな」

相手の過失《かしつ》で赤んぼうができて、自分の人生をそれで終えてしまうやつが、このクラスから出てくるかもしれないとわかって、みんな、おどろいて息をのんだ。教室はしーんと静まり返った。この三週間で二度目の完全な沈黙《ちんもく》である。

ラス・マウルドが立ち上がった。

「たぶん……」

言葉が出てこない。

カートライト先生は、励《はげ》ますように見つめた。

「うん？　どうした？」

「たぶん……」

また、言葉が続かない。

先生は困《こま》ったようだったが、けれど、クラスのみんなは、ラスのおそろしそうな、困《こま》りきった表情《ひょうじょう》から、言いたいことをすばやく読み取った。

「そうだ、そうだ。ラスの言うとおり。たぶん、押《お》しつけられちゃうんだ……」

「やっかいなものをな……」

「はっきりわからなくて……」

「安全じゃないかもしれない」

「いやだって言うしかないさ、いつだって」と、ウェイン・ドリスコルが悟《さと》ったように言った。

「そうだ」

「ただ、いやだって言うんだ」

「危険《きけん》おかして、やることじゃない」と、フィル・ブリュスターが利口ぶって言った。

「後悔《こうかい》するよりは、安全なほうがいいよな」

「ちょっといいかげんにしちゃうと、そのあと、自分の人生が自分のでなくなるのさ」

カートライト先生は、生徒たちの心配顔を見まわした。どの顔も、間近に迫《せま》っている危険《きけん》から自分を守らねばならないと必死になっている。が、ただ一人、みんなの不安をよそに、すずしい顔をしている者がいた。サイモン・マーティンだ。ペンを噛《か》みながら、じっと窓《まど》の外を見つめて考えこんでいる。クラスが大騒《おおさわ》ぎしている間も、ずっと静かだった。

サイモンがなぜ、そのとき、みんなといっしょになってフラワー・ベイビーを笑い者にしなかったのかはわかる。サイモンは、自分の気持ちをかなりはっきりとさらけ出していたので、この二週間、職員室《しょくいん》では、サイモンのことが熱っぽく取りざたされていたのだ。教師《きょうし》の半分は、この気の毒な少年には専門的《せんもん》なカウンセリングが早急に必要だと言い、あとの半分は、ドゥパスキュー先生やアーノット先生が中心となっているのだが、サイモンのフラワー・ベイビーに対する態度《たいど》は「むしろほほえましい」もので、気の毒がるよりほめてあげたほうがいい、というものだった。

けれど、今は何を考えているのだろう。何がサイモンの心の中を占《し》めているのだろう。

カートライト先生は、字がよく読めないラス・マウルドにわざとみんなの日記を手わたして、いちいち名前を読ませながらそれぞれの生徒に返させるようにした。そのため、クラスは大騒《おおさわ》ぎとなったが、そのすきに、先生は机《つくえ》からすべるようにして下りると、ぐるりと教室内をまわってサイモンに近づいた。そして、そっと尋《たず》ねた。

「何を考えているんだ？」

サイモンは、ちらっと見上げて答えた。

「父さんのことを考えてただけです」

カートライト先生は、ちょっと考えた。ここは慎重《しんちょう》にやらねばならんぞ。近ごろの親ときたら、自分の連れ合いを、まるで発行日の消印のついた切手やサッカーのカードかなんぞのように、ころころと交換《こうかん》するのがいるからな。そうだ、あれは一週間前のことだった。二人の生徒が並《なら》んで作業しているところを通りすがったときだ。一人がもう一人のほうに、「おれの前の親父《おやじ》が、今度おまえの親父《おやじ》になったんだよな」と、あけっぴろげに話していたものだ。そうだ、しっかり用心をせねばならない。

「知らなかったが、新しいお父さんができたのかな？」

と、先生は気を配りながら聞いた。

「いえ」と、サイモンは答えた。「本当の父さんのことを考えてたんです。あれこれ考えちゃって、頭から消えなくて……」

カートライト先生は、できるかぎり慎重《しんちょう》に話を進めた。

「何か引っかかるものがあるのか？」

「はい。はい、あるんです。どうしても知りたいことがあって」

「なんだね」

「父さんが口笛を吹《ふ》いていたのは、なんだったのかってことです」

先生はまごついた。

「何を口笛で吹《ふ》いていたのかって？」

「父さんが家出したときにです。知りたいんです。父さんはなんの歌を口笛で吹《ふ》きながら、家を出ていったのか」

先生は啞然《あぜん》とした。が、すぐにサイモンの肩《かた》をやさしくたたき、静かに言った。

「すまんな、君。それは、手引書にはのってないな」

そしてさらに小声で、「あれは、あまり役に立たん」と言いかけて、突然《とつぜん》、役に立っていることに思い当たった。

生徒たちは、このプロジェクトから実にたくさんのことを学んだのだ。フェルサム先生は正しかった。生徒たちは、責任《せきにん》を持つことがどんなにたいくつで、わずらわしいことなのか学んだ。そして、責任《せきにん》というものについて自分たちがどう考えているのかも学んだ。小さくておとなしいロビン・フォスターは、自分がすさまじいかんしゃく持ちだということを知った。サジッドは、自分がしっかりした事業家の素質《そしつ》があることを学んだ（もっとも、それまで知らないでいたとしたらの話だが）。そしてだれもが、年齢《ねんれい》的には赤んぼうをこしらえることはできるが、まだ父親になることはできないと学んだのだった。

本当に、だれもが学んだのか？

たぶん、みんなではない。サイモンはたぶんちがうだろう、とカートライト先生は思った。その少年は今ここに、長い足を机《つくえ》の下できゅうくつそうに折り曲げ、フラワー・ベイビーがかぶっている帽子《ぼうし》のレースを指でもてあそび、むっつりと考えこんでいる。まだ、父親のことをあれこれと考えているのだろうか。それとも、教師《きょうし》の半分近くが言っていたように、自分の本当の赤んぼうが欲《ほ》しくてふさぎこんでいるのだろうか。

いずれにせよ、もうこんなことは終わりにさせよう。もうこのぐらいで十分だ。このとき、気の短いカートライト先生はそう心に決めた。結局、この少年をこれからあと一年近く教えることになるのだ。その悲しげな顔、ふさぎこんだ様子は、もうたくさんだった。

これまで、カートライト先生は、四―Cのようなクラスを教えて報《むく》われることがあろうとは思ってもみなかった。けれどうれしいことには、クラスのほとんどが、もちろん、みんながみんな頭がよいとは言えないが、それでもとにかく、陽気にやっていこうとがんばっていることがわかったのだ。

待てよ、そう言えば、陽気にやろうと歌っている、何か古い船乗りの歌があったぞ。

一石二鳥とはこのことだ、とカートライト先生は思った。

先生は、サイモンの机《つくえ》の上からフラワー・ベイビーをさっと取り上げると、後ろにかくした。考えにふけっていたサイモンの注意が自分に向けられたとわかると、先生はおもむろに言った。

「君のお父さんが、何を口笛で吹《ふ》いていたか教えてあげよう」

その自信に満ちた口調に、サイモンは目を見開いた。

「家を出ていくとき、君のお父さんは『船出』を吹《ふ》いていたんだ」と、先生はサイモンにきっぱりと言った。「いいか。お父さんが口笛で吹《ふ》いていたのは、『船出』だ」

カートライト先生は、ぐずぐずしていなかった。サイモンに、どうやってわかったのかと聞かれたり、そのメロディーや歌詞《かし》を教えてくれとせがまれたりする前に、フラワー・ベイビーを机《つくえ》に投げもどすや、その巨体《きょたい》をできるだけ急がせて教卓《きょうたく》へともどっていった。そのとちゅう、ボクシングをやっていた二人の生徒を引きはなし、ルイスに机《つくえ》の上をたたくのをやめろと注意したが、そのときでさえ、足を止めることなどしなかった。

やっと教卓《きょうたく》にたどりつくと、

「よし！」と、先生は吠《ほ》えるように言った。「これで終わりにする。もう十分だろう。そろそろベルも鳴る。さ、片《かた》づけて。君たち全員、帰ってよし」

いつもならここで、ものすごい騒《さわ》ぎとなるのだが、今回はちがった。

「でも、先生。せんせーい！　ベル、まだ鳴ってはいないです」

「いいから、タリク。帰りなさい。みんなもだ。わたしの気が変わらんうちにな」

カートライト先生は、腰《こし》をかけて、いつもどおり生徒たちがわいわい騒《さわ》ぎながらどっと教室から出ていくのをながめていた。最初にドアに向かったのは、サイモンではなかった。といって、最後でもない。あのむっつりとした表情《ひょうじょう》はなくなっていた。しかも、その大股《おおまた》の歩きぶりには、力がみなぎっていた。

カートライト先生は気分がよかった。教卓《きょうたく》の上のものをかばんにつめて帰るしたくをしながら、四―Cにとってはなかなかの授業《じゅぎょう》だったなと考えた。なかなかよかった。なかなか。

やるときには不安が大きかったが、予想に反して、カートライト先生はなんとかうまくやってのけたのだった。

第八章　わが心　そびゆる大船

「早く」と、サイモンは催促《さいそく》した。「歌ってくれよ」

「歌えないわよ」とふり向きざま、ミセス・マーティンは、フラワー・ベイビーの上で四つんばいになっている犬のマクファーソンを目にし、かかえ上げ、タオルでぴしゃりとたたいた。

「知ってるでしょう？　お母さん、歌えないこと」

「母さんの歌を審査《しんさ》するっていうんじゃないんだよ」と、サイモンは言う。「ただ、その歌詞《かし》とかメロディーとかを知りたいだけなんだ」

「全部の歌詞《かし》は知らないわよ。メロディーだって、正しく覚えているかどうか、あやしいものだわ」

「いいから、歌ってみてくれよ」

仕方なく、ミセス・マーティンは歌うことにした。濡《ぬ》れた手をふき、流し台に背中《せなか》をもたせかけた。サイモンが腕《うで》の中のフラワー・ベイビーをゆすって、嫉妬《しっと》にくるうマクファーソンをわざとキャンキャン吠《ほ》えさせているなか、できるだけ堂々と声を張《は》り上げて歌った。

いざそろい　船の帆《ほ》上げよ　吹《ふ》く風が　われを見つけむ
進み行け　青き海原《うなばら》　かがやける　波は静かに

そこで、とぎれた。

サイモンは、お母さんを見上げた。

「それで？　どうしたのさ？」

「次のところは忘《わす》れたわ」

サイモンはおこったように、大きく息を吐《は》いた。

「だけど、たったの二節だけだぜ、歌ったの。たったそれだけ？」

ミセス・マーティンは、マクファーソンに、今度はタオルを投げつけた。サイモンがフラワー・ベイビーをゆするのをやめたので、それをいいことにして、こそこそとフラワー・ベイビーの角をかじっていたのだ。

「覚えているのは、その二節だけよ」

「情《なさ》けないな」とサイモンは言った。

かなり不機嫌《ふきげん》な様子なので、かわいそうに思ったミセス・マーティンは、

「たぶん、あとのほうも思い出せるようになるわ」

と、なぐさめた。

けれど、サイモンは待つつもりはない。

「そうだ、スーに電話しよう」

フラワー・ベイビーを椅子《いす》の上にどさっと投げ出すと、サイモンは電話に突《つ》き進んだ。

首をふって、ミセス・マーティンは尋《たず》ねる。

「でも、どうしてスーが歌詞《かし》を知っているわけ？」

サイモンは答えなかった。けれど、スーが最後にお父さんと会った日にお父さんが口笛で吹《ふ》いた歌なのだから、しっかりとスーの記憶《きおく》に残っているはずなのだ。

受話器をぐいっとお母さんに押《お》しつけた。

「電話して、聞いてみてよ」

「冗談《じょうだん》言わないで、サイモン」

マクファーソンが、このときとばかりに、そそくさとドアに向かって自分の脇《わき》を通りすぎようとしたので、ミセス・マーティンは手を伸《の》ばし、犬のくいしばっている歯をこじあけて、く

わえているフラワー・ベイビーを取り出した。

「スーに電話をかけて、さあ今ここで、電話ごしに歌ってくれ、なんて頼《たの》めないわよ」

「どうして、できないのさ？」

お母さんはちょっと考えたが、これといった言いわけを思いつけないので、電話をかけることにした。サイモンは、フラワー・ベイビーについた犬の唾液《だえき》のひどくべたべたしているところをふきとっている。

電話に出たスーは、その歌のリクエストを別におかしいとは思わなかったようだ。すぐに、さえずるような歌声が受話器から流れてきた。サイモンは、母親の手から受話器をひったくるようにして取り、自分の耳にあてた。

重き荷と　悩《なや》みすべてを　投げ捨《す》てつ
われは誓《ちか》う　再《ふたた》びそれを　背負《せお》わぬと

そこでスーは、ちょうどサイモンのお母さんと同じように、突然《とつぜん》歌うのをやめた。

「次のコーラスの部分は忘《わす》れたわ。何か、『日の出』とか『陽気に』とかいった文句《もんく》だったと思うけれど」

サイモンは、がっかりしてうなり声をあげたが、お母さんのこわそうな顔を見て、ぶつぶつと心のこもらないお礼を言った。受話器をお母さんにわたすと、いらついたサイモンは、ドンッと台所のドアにこぶしをくらわせた。すると、その勢《いきお》いでドアがぱっと開いてしまったので、そこから外へ出ていかねばならなくなった。お母さんがじっと見つめているのだ。

となりの家と共有となっている庭では、ヒヤシンス・スパイサーが、逆《さか》さまにしたバケツにすまして座《すわ》りこみ、サンダルを緑色に染《そ》めていた。サイモンは、ふと、ヒヤシンスなら歌詞《かし》を全部知っているかもしれないと思った。ガールガイド（イギリスのガールスカウト）の団員《だんいん》のときに歌を学び、リトル・ウッドランド・フォーク合唱団《だん》で磨《みが》きをかけ、そして今や、バプチスト教会合唱隊のソプラノを歌っているのだから。

けれど、ヒヤシンスに聞こうとしたサイモンは、すぐに油が煮《に》えたぎるような思いにかられた。以前から、カートライト先生のスパイの一人ではないかと、ヒヤシンスのことも疑《うたが》っていたのだ。ふだんから上手にやっていることは、それが本職《ほんしょく》になるというものだ。

聞くのをやめたサイモンが家の中にもどりかけると、ヒヤシンスのほうから、ごく自然に歌の話を持ち出した。

「さっきの、お母さんが歌っていたの？」と聞きながら、注意深くサンダルのひもを染《そ》めつけている。「あまりうまくないわね」

サイモンに、ある考えがひらめいた。とにかく、やってみる価値《かち》はありそうだと思い、

「とてもむずかしい歌だからね」

と、言った。

ヒヤシンスはおどろいて、サンダルから顔を上げた。

「あら、むずかしくないわよ」

「いや、そんなことはないよ」と、サイモンは言い張《は》った。「特に、コーラスの部分が歌いづらい」

保育《ほいく》園のクリスマスの劇《げき》で、ネス先生に銀紙の大きなベツレヘムの星をつけてもらってからというもの、ヒヤシンスは、人前で自分をひけらかすのが好きになった。身を反《そ》りかえらせると、歌い出したのだ。

船を出せ　新たな思い　燃《も》え立てる　日の出目指さむ
別れ告ぐ　愛《いと》しき者へ　諸共《もろとも》に　陽気にならむ
彼《か》の輩《やから》　身を落ち着かせ　いとおしむ　柔和《やわ》き赤子を

ヒヤシンスはこのとき、ちょっと下を見た。染料液《せんりょうえき》がサンダルにしたたり落ちている。

「ああ、もう！」

高まっていくメロディーから判断《はんだん》して、次にくるのは最後の一節ではなかろうか。サイモンは、ヒヤシンスを挑発《ちょうはつ》して、最後まで歌わせようとした。

「わざと染料《せんりょう》、垂《た》らしたんだろう。次の最後のところがむずかしくって、よく歌えないからって」

けれど、ヒヤシンス・スパイサーは、すっかり興味《きょうみ》をなくしていた。一生懸命《けんめい》にサンダルをふいている。

「もう行ってよ、サイモン」

と、小さな声でヒヤシンスは言った。サイモンが、聞こえないというふりができるほどの低く、小さな声だった。

サイモンは、家にもどって、ぴったりとドアを閉《し》めた。これで、ヒヤシンスには聞かれることはない。そして、今覚えたコーラスの部分を、お母さんに歌って聞かせた。そのときも、またその夜も、何回となく、お母さんは歌の最後がもう口に出かかっていると言っていたが、結局、出てこなかった。

次の朝、サイモンはかなりむしゃくしゃしていた。夜、眠《ねむ》れなかったのだ。水のしたたる音にも悩《なや》まされて。

「おかしくなりそうだよ」と、朝食を口にしながらサイモンは言った。「どうかなっちゃいそうだ」

「ヒヤシンスのところに行って、親切にしてあげたらどう？　最後の一節を歌ってくれるかもよ」

サイモンは、ひどいしかめっ面《つら》をして見せた。

ミセス・マーティンは肩《かた》をすくめた。

「なら、カートライト先生に聞くしかないわね」

カートライト先生に聞く！　そうか。サイモンは、スプーンで朝食のシリアル（コーン・フレークなど、穀物《こくもつ》を加工した食べ物）を口いっぱいにかっこみ、そのスプーンをきれいになめ、それでフラワー・ベイビーを突《つ》っついた。

「母さんが悪いんだよ」

と、サイモンは言った。実際《じっさい》そうだった。サイモンにはわかっていた。お母さんが悪くなければ、お父さんのことや何年も前のことなんか、知りたいとも思わなかったのだ。そして、こんなバカげた小麦粉ぶくろがなければ、今みたいにひどく気恥《は》ずかしい思いをすることもないのだった。本当に恥《は》ずかしい。くそまじめなやつみたいに、知りたいことがあるから、早く学校に行きたくてたまらないとは。

サイモンはまた、フラワー・ベイビーを突《つ》っついた。今度は、ブラウン・シリアルのどろっとした薄《うす》茶色のミルクがスプーンから数滴《すうてき》落ちてしまい、フラワー・ベイビーの前のところをよごしてしまった。

「しかられるんだから」と、お母さんが楽しそうに言った。「ほら、見て。この、かわいそうなちびちゃんを。よだれでしょう。歯の跡《あと》でしょう。そしてシリアルの染《し》み。これは、たった今ついたんだわ」

「だいじょうぶだよ」と、サイモンはそっけなく答えた。そしてまたフラワー・ベイビーを突《つ》っついて、「だいじょうぶだよなぁ?」と声をかけた。

フラワー・ベイビーは黙《だま》っていた。けれど、かばんに押《お》しこめようとして、もっと近くで見てみると、フラワー・ベイビーは、とても検査《けんさ》に合格《ごうかく》するような状態《じょうたい》でないことがわかった。この二、三日で、信じられないほどどうすよごれてしまったし、ふくろの角のところがぼろぼろになっているし、底からは小麦粉がこぼれているのだ。

フラワー・ベイビーは、まったくひどい状態《じょうたい》になっていた。アーノット先生が見たら、おどろいてアスピリンを飲むにちがいない。歩くことさえできないのに、いったいどうして、こんなにきたなくなるのだろう。不思議だ。

ふと気づくと、お母さんがビニールぶくろを差し出している。

「これ、持っていったほうがいいわ。天気予報《よほう》だと雨よ」

雨にあたれば、フラワー・ベイビーは少しはきれいになるだろう。また濡《ぬ》れれば、こぼれた小麦粉の分の体重を取りもどせるだろう。そいうふうに言うことはできたが、サイモンは、わざわざ言う気にもなれなかった。もう、これのすべてがいやになってきたのだ。

すでに口がいっぱいになっているところに、さらに残っているシリアルを無理にほおばり、お母さんに「行ってきます」と聞こえることを願いながら、もごもごと口を動かした。そして、学校に持っていくものとフラワー・ベイビーとをすくい上げるようにして手に取った。

ミセス・マーティンは、ドアの前に立ちふさがった。

「行ってらっしゃい、サイモン」

と、強い調子で言う。

まだ口いっぱいシリアルをつめていたサイモンは、ウウーッと声を立てただけだった。

お母さんは一歩も引かない。「行ってらっしゃい、サイモン」とくり返すのだ。

これは、警告《けいこく》を示《しめ》すイエロー・カードだとわかったサイモンは、大きな人形のようにそこに立ったままで、一生懸命《けんめい》に口の中のシリアルを嚙《か》んで、飲み下した。

「行ってきます」

お母さんはやっとほほえんで、道をあけた。サイモンは急いで外に飛び出した。ドアは開けっぱなしのままで、バタンバタンゆれ動いていた。

わけがわからない。いったいどうして、親って、先生みたいに、「ありがとう」とか「行ってきます」とか、きちんとあいさつするように口やかましく言うのだろう。頭がおかしくなる。毎朝、サイモンは、口を空にしてからきちんと「行ってきます」とあいさつさせられる。学校に行く朝はいつもだ。一週間に五回。一学期は十三週間あって、一年は三学期。そして、それが毎年だ。そうすると、全部で何回になるのだろう。百万回か、少なくても。それなのに、お母さんは毎朝あそこに立って、きちんとやらせるのだ。かっとなってどなりもしないし、首切り斧《おの》でおそいかかるってこともしない。

自分だったら、絶対《ぜったい》にそんなことはできない。自分はわりとがまん強いほうだと思う。けれど、もしフラワー・ベイビーに、ドアを開けたままにするなとか、お湯の栓《せん》をきっちり締《し》めろとか、話すときには口をしっかり開けろとか、十二回も連続で言わなければならないとしたら、フォスターのようにフラワー・ベイビーを川にキックしてしまうだろう。たぶん、お父さんが家を出たのはそのせいだ。そういう親の務《つと》めが自分には無理だとすぐわかったからなのだ。

ウィルバーフォース通りが終わりに近づいたとき、突然《とつぜん》、サイモンは歌い始めた。

「彼《か》の輩《やから》　身を落ち着かせ　いとおしむ　柔和《やわ》き赤子を」と、声をふるわせて元気よく歌いながら角を曲がると、ウェイン・ドリスコルにつまずいてしまった。ウェインは、下水溝《げすいこう》のところでごそごそやっているのだ。

「そんなどぶの中で、何やってんだよ?」と、起き上がりながらサイモンは聞いた。

信じられなかった。ウェインが、どぶの羽目板の上で身をかがめ、泥《どろ》をすくってはフラワー・ベイビーのふくろのほころびから中に流しこんでいるのだ。指の間から、ぼたぼたと泥《どろ》が垂《た》れている。

ウェインは眉根《まゆね》を寄《よ》せ、すさまじいほど精神《せいしん》を集中させていた。

「ちょっと、これ、しっかり持っててくれないか、サイム。泥《どろ》をこの小さな穴《あな》に入れられないんだよ」

サイモンは、どぶのところにしゃがみこみ、ウェインから小麦粉ぶくろを受け取った。

「この破《やぶ》けてる穴《あな》、もっと大きくしろよ」

と、サイモンが言うと、ウェインは鼻先で笑った。

「いやー、実にいい考えだよな、サイム。それで、老《お》いぼれカートホースにとっちめられる理由が二つに増《ふ》えるわけだ」

あいているほうの手で、サイモンは自分のフラワー・ベイビーをかばんから取り出した。

「おまえがおこられるんなら、おれもだよ」と、サイモンは言った。「見ろよ。おれのなんか、おまえのより、もっとひどいぞ」

ウェインは、泥《どろ》を垂《た》らすのをちょっとやめて、サイモンのフラワー・ベイビーを見た。

「すっげぇー。なんてきたねえんだ。今日、とっちめられるぞ」

「そんなことないさ」

と、自信たっぷりにサイモンは答えた。が、急に自信がなくなって、もう一度見てみた。たぶん、おこられるだろう。まちがいない。サイモンのフラワー・ベイビーはひどいありさまだ。どうして急に、こんなにきたならしくなったのだろう。初めのうちは、サイモンはこのプロジェクトのスターだった。ほとんど知らない先生たちまでが、廊下《ろうか》でサイモンに優《やさ》しくうなずきかけたものだ。それが今や、ほころびから中身がこぼれているような小麦粉ぶくろを持ち歩いているのだ。フラワー・ベイビーの目はインクがにじんできたなくなっているし、角のところはかじられている。

「フーパーやフィリップに使わせなきゃよかったんだよ。ゴールの目印なんかによ」

と、ウェインは言う。

サイモンは、できるだけうまく言いわけをした。

「それはあまり関係ない。あんなに破《やぶ》けたのは、フラワー・ベイビーでヒヤシンス・スパイサーのとこのネコをからかったせいさ」

「破《やぶ》けてるとこより、この、かじられたとこのほうがひどいぞ」

と、ウェインは冷静に観察している。

「マクファーソンのせいだよ」と、サイモンはがっくりしたように言った。「ほんとに最初の日から、フラワー・ベイビーをかじってたもんな、あいつ」

「この黒い染《し》みは、なんだよ？」

「暖炉《だんろ》の中に落ちたんだっけかな」

「じゃ、この、きったなく黒こげになってんとこは？」

「ああ、それはおれのせいだ」と、サイモンは認《みと》めた。「パンをトーストしてたとき、そいつもホット・プレートに置いちゃったんだ」

「尻《しり》にくっついてんの、これみんな、なんだ？」

サイモンは、フラワー・ベイビーを逆《さか》さまにしてみた。

「糊《のり》、タフィー（ナッツなどを入れたキャラメル風のお菓子《かし》）のかたまり、泥《どろ》、マクファーソンのよだれがかわいたやつ、チキン・スープ……」

うんざりするほど、何がくっついているのかを数え上げるサイモンを、ウェインは急にさえぎった。

「おい、サイム。行く時間だ」

ウェインは、これなら、今日の朝の検査《けんさ》でおれのが一番ひどいってことには絶対《ぜったい》にならないと思い、サイモンを引っぱるようにして道路を歩いた。二人が環状《かんじょう》道路の交差点に来たとき、サイモンは、フラワー・ベイビーのことでどんな問題が自分にあるのかを説明し出した。

「おれはさ、そういうタイプじゃないんだな。最初のうちは、そのタイプだと思ったけどな。けど、ちがうってわかってきたんだ。いろんなものの世話がよくできるやつもいるし、できないやつもいる。おれは、できないほうのグループなんだ。ちょうど、おれの親父《おやじ》みたいにさ」

ウェインが好奇《こうき》の目を向けた。サイモンも、友達に父親の話を聞かせるのはこれが初めてだと気がついたが、そのまま続けて言った。

「親父《おやじ》もうまくできなかったんだ。それはまちがいない。たぶん、できない人っているんだ。たぶん、そういう人って、もともとそんなふうなんだろうな。だから、責《せ》めることなんかできないのさ」

交差点でしぶしぶ速度を落としている車の流れの中を、サイモンはいつものように、おそれることもなく歩いていく。

「親父《おやじ》は、身を落ち着かせ、赤んぼうをいとおしむっていう人種じゃなかったのさ」

と、サイモンは、自動車の騒音《そうおん》に負けないぐらいの大声でさけんだ。

ウェインも、いつものように小走りにサイモンのあとを追った。サイモンを目の前にして急ブレーキをかけているドライバーたちに、謝《あやま》るように会釈《えしゃく》しながら。

「どういう人種じゃなかったって？」

けれど、サイモンはもう交差点をわたり終え、心を決めたように校舎《こうしゃ》のほうへと大股《おおまた》に芝生《しばふ》を横切っていく。どうしてもさがし出したいことがある。お父さんが家を出た謎《なぞ》を解《と》く鍵《かぎ》を、あと一つ知る必要があるのだ。

「アーノット先生。アーノットせんせーい！」

先生は、呼《よ》ばれてすぐふり返った。

「何かしら、サイモン？」

おどろいたことに、サイモンは先生に向かって歌い始めたのだ。朗々《ろうろう》として力強く、堂々としたテノールだった。それは、講堂《こうどう》で生徒たちが合唱しているときに、だれの声かはわからなかったが、よく耳にする声だった。

いざそろい　船の帆《ほ》上げよ　吹《ふ》く風が　われを見つけむ

「サイモン？」

進み行け　青き海原《うなばら》　かがやける　波は静かに

サイモンにからかわれているのだろうか。
「先生は急いでいるのよ、サイモン」
と、アーノット先生は注意をした。それでもサイモンは、先生と肩《かた》を並《なら》べて歩きながら、心をこめて歌う。

重き荷と　悩《なや》みすべてを　投げ捨《す》てつ

「サイモン、それ冗談《じょうだん》なの？　何かの賭《か》け？　それともコマーシャルの歌？」

われは誓《ちか》う　再《ふた》びそれを　背負《せお》わぬと

がまんできなくなった先生は、くるりと向きを変えて、職員室《しょくいんしつ》へ通じる細い道に折れた。「ここより先、教職員《きょうしょくいん》のみ」という小さな立て札を完全に無視《むし》しきって、サイモンはそのまま、アーノット先生と並《なら》んでせまい道を進んでいく。依然《いぜん》として力あふれる心情《しんじょう》を歌いあげながら。

船を出せ　新たな思い　燃《も》え立てる　日の出目指さむ
別れ告ぐ　愛《いと》しき者へ　諸共《もろとも》に　陽気にならむ

アーノット先生は、急に立ち止まってしまった。サイモンは、今まで一度もこんな問題は起こさなかった。むっつりしていたり、あつかいにくかったりということはあった。ときにはわずらわしいことも。けれども、この少年が本当に言うことを聞かないということは、一度としてなかった。どうすればよいのだろうか。話し合ってみようか。それとも無視《むし》するか。まずやれることはと、先生はまわりを見まわした。だれかいないだろうか。

アーノット先生が見上げると、職員《しょくいん》室の窓《まど》の、両端《はし》に寄《よ》せられたカーテンとカーテンの間に、カートライト先生の姿《すがた》があった。授業《じゅぎょう》が始まる前の一服として、煙草《たばこ》をこっそり吸《す》っているのだ。

カートライト先生は、小さく手をふってみせたが、アーノット先生の迷《まよ》っている顔を見て、助けを求めているのだと思った。そこで、手入れのいきとどいた芝生《しばふ》に足をふみ入れているサイモンをどなろうと、サッシの窓《まど》を上に押《お》し上げた。

……諸共《もろとも》に　陽気にならむ

と、サイモンの高らかな歌声が聞こえてきた。

陽気にならむ？　すぐに、あの歌の一節が先生の頭の中にうかび、教育者としての喜びと誇《ほこ》りが入り交じってわき上がった。カートライト先生は、サイモンを見下ろした。

何が心理学だ、聞いてあきれる。昔風な人間の良識《りょうしき》のほうがずっと優《すぐ》れているのだ。そら、あの少年がその証《あかし》だ。あの変わりようを見たまえ。ある朝、あの少年は、阿呆《あほう》のようにふらふらと歩いていた。くだらん小麦粉ぶくろに惚《ほ》れていた。ところが、その耳に分別のある担任《たんにん》の一言を入れてやると、見たまえ、すぐにまともになった（もっとも、あいつにしてはまともだということだが）。そして今、人生でただ一つの愛、美しいアーノット先生のために、すばらしい声で歌っているのだ。

彼《か》の輩《やから》　身を落ち着かせ　いとおしむ　柔和《やわ》き赤子を

と、サイモンの重々しく情感《じょうかん》にあふれたテノールが、校庭じゅうにひびきわたった。

しかし、そこでぶっつりととぎれてしまった。そのあとがなかなか出てこない。カートライト先生はじりじりとして待った。

もはやこれ以上は待てない。先生は、窓《まど》をさらに高く開けて、そこから身を乗り出して、すばらしく美しいバリトンで歌い出したのだ。まわりにいた者たちは、いったんとだえた讃美歌《さんびか》がまたひびいてきたような心持ちになった。

わが心　そびゆる大船　強き風　間近に迫《せま》り

サイモンは、どさりとその場にひざまずき、ぐったりとしてしまった。アーノット先生は、このときとばかりに逃《に》げ去った。そしてウェインが、バタバタとやってきた。

「老《お》いぼれカートホースのやつ、何、吠《ほ》えてたんだい？」

「わが心　そびゆる大船」と、サイモンはあえぎながら歌った。「強き風　間近に迫《せま》り」

ウェインは顔をしかめた。

「どういう意味なんだよ？」

サイモンは、カートライト先生に聞いてみようと、職員室《しょくいんしつ》の窓《まど》を見上げた。けれど、もう遅《おそ》すぎた。美しい、古い海の歌の一節を思う存分《ぞんぶん》歌い上げて大いに満足した先生は、煙草《たばこ》の火をもみ消し、窓《まど》を閉《し》め、そこから消えてしまっていた。

サッカーの試合のときにはいかんなく発揮《はっき》されるが、ウェインの最も優《すぐ》れているところは、そのねばり強さであった。

「どうして心が大船になるんだよ？」

「わかるはずないだろう」と、サイモンはぴしゃりと言った。「だれかに聞かなきゃな」

「だれにだよ？」

ウェインは、あたりを見まわした。目に入ったのはマーティン・サイモンだけだった。本を読みながら、小道をゆっくりと歩いている。

「あいつに聞けよ。あいつって、くそまじめなやろうだから、知ってるかもな」

サイモンは、顔をかがやかせた。そうだ、マーティン・サイモンなら知っているかもしれない。いつでもどこでも、詩を、それもときにはフランス語で読んでいるようなやつなのだ。問題なく、わかりづらい歌の一節を、やさしい言葉に置き換《か》えられるだろう。

サイモンは立ち上がると、芝生《しばふ》を一直線に横切って、マーティンのほとんど真ん前まで歩いていった。そして、わざと片足《かたあし》を突《つ》き出して、マーティンがそれにつまずくのを平然と見ていた。マーティンはよろめき、その手から、『アーサー王と聖杯《せいはい》の物語』（ローズマリー・サトクリフの小説。聖杯《せいはい》をさがす騎士《きし》たちの物語）が芝生《しばふ》の上に落ちた。

「ごめん」と言って、サイモンは身をかがめて本を拾うと、手わたした。

「ありがとう」とマーティンは言ったが、なんとなく警戒《けいかい》している。

けれど、サイモンのほうは、本を拾ってあげたのだから、もう信用されていると思っている。

「あのさ」と、サイモンは話しかけた。「君って、勉強家だよな。詩も読むし。もしだれかが、あいつはそびゆる大船だと言ったら、それはどういう意味なんだい？」

マーティンはためらった。いじめが始まっているのかもしれない。けれど、サイモンには、まじめで決然とした雰囲気《ふんいき》も見られるのだ。まるで、今まで読んでいた本に出てくるガラハッド卿《きょう》（聖杯《せいはい》をさがし当てる高潔《こうけつ》な騎士《きし》）のように、何かをさがし求めているといった雰囲気《ふんいき》が。

「そびゆる大船？」

「そう、そびゆる大船」

おまえは、このごたいそうな言葉がわかんなきゃならないのさ、とサイモンは考えながら、答えを待って立ち続けていた。もしもサイモン自身が、だれかぶらぶらやってきた者に同じような質問《しつもん》をされたなら、相手の顔を小突《こづ》いて大股《おおまた》に歩き去ってしまっただろう。けれどマーティンは、どんなことでも詩について質問《しつもん》されるのは、別に変だともバカにされているとも思わないようだった。ちょっと眼鏡《めがね》をはずし、レンズをふきながら考え、そして聞いた。

「その人はなんて言っているわけ、正確《せいかく》には」

何も遠まわしに言うこともないんだ、とサイモンは考え、身をそらすと、朗々《ろうろう》とひびきわたる声で歌った。

彼《か》の輩《やから》　身を落ち着かせ　いとおしむ　柔和《やわ》き赤子を
わが心　そびゆる大船　強き風　間近に迫《せま》り

マーティンの当惑《とうわく》していた表情《ひょうじょう》が、さっと消えた。

「ええと、明らかにそれは、比喩《ひゆ》の一種で」と、マーティンは説明し始めた。「類比《るいひ》を使って……」

そこで説明はとぎれてしまった。サイモンが、急にマーティンの襟元《えりもと》をわしづかみにしたのだ。マーティンはおそろしくなり、また実際《じっさい》に締《し》めつけられて、声が出なくなった。

「おれは、講釈《こうしゃく》してくれって頼《たの》んでんじゃないんだぜ」と、サイモンは容赦《ようしゃ》なく言った。「その意味が知りたいと言ってるんだ」

そして手をはなすと、また立ったまま待っている。

マーティン・サイモンは説明し直した。

「意味はというと、この人は行かねばならない、ということさ。ちょうど、帆《ほ》を広げた船が風を受けて進まねばならないようにね。この男は、そのときが来たことを知っているのさ。どんなにとどまっていたくても、彼《かれ》のような気性《きしょう》の人間は、どうしても行かなきゃならないのさ。そうするしかないんだ」

サイモンは、空を見上げた。目がちくちくと痛《いた》い。ごくりと唾《つば》を飲みこむと、尋《たず》ねた。

「そうするしかない？」

マーティンは、きっぱりと答えた。

「そうなんだ。それは、彼《かれ》みたいな人間の定めみたいなものなのさ」

すると、急にウェインが割《わ》りこんできて、疑《うたが》わしそうに聞いた。

「どうして、そんなに自信をもって言えるんだよ？」

「歌詞《かし》から判断《はんだん》してだよ」と、マーティンはがまん強く説明した。「それが歌詞《かし》の意味なのさ」

「だけど、どうやってわかるんだよ？」

マーティンを助けたのはサイモンだった。強くたしなめるように、ウェインに言った。

「いいか。おれとおまえ、おれたちは、サッカーのやり方を知ってるし、楽しくやれる。そうだよな。そして、マーティンだけど、サッカーでは使いもんになんない。どぶにゼリー一つキックできない。けど、歌や詩のことならよく知っている」

サイモンはマーティンをふり返った。

「そうだろう？」

マーティンはうなずいた。

「そうなんだよ」

と、サイモンは言った。そして、人にはそれぞれ得意、不得意があるという話も終わりにしてもよさそうなので、

「じゃ、どうもありがとう」

と言って、右手をすっと差し出した。マーティンはちょっととまどったが、握手《あくしゅ》したがっているのだとわかり、

「どうってことないさ」と、急いであいさつを返し、握手《あくしゅ》した。「また、いつでも」

「いや」と、サイモンはきっぱりと言った。「これが最後だ。もう十分」

マーティンには、またしても、サイモンが不思議で、この世のものとは思えない存在《そんざい》に見えた。けれど、その様相に、ガラハッド卿《きょう》のように聖杯《せいはい》というものを心に描《えが》き続け、ついに自身の求めてやまないものを見出したという一種の霊気《れいき》のようなものを、マーティンは感じ取ったのだった。

第九章　カートライト先生のハンカチ

アーノット先生は、バッグの中をかきまわしてアスピリンをさがしていた。

「これで三回目ですのよ。あの子が高い声で歌いながら、職員室《しょくいんしつ》の前をドス、ドスと歩いていくのは」

と、アーノット先生はスペンサー先生に訴《うった》えた。スペンサー先生は、テーブルの上におおいかぶさるようにして、いたずら描《が》きされたところを消しゴムで消していた。音楽の授業《じゅぎょう》で使っている楽譜《がくふ》の二分音符《おんぷ》の玉の部分が、鉛筆《えんぴつ》で黒くぬりつぶされているのだ。

「どうして、もっと静かな歌をお教えにならないのですか」

一生懸命《けんめい》に消しながら、スペンサー先生は静かに、弁解《べんかい》するような口調で言った。

「あの歌は教えたことはありませんね。もっとも、何教えても、関係ないんですよね。四―C

の生徒たちだったら、子守り歌をまるで軍歌みたいに大声で歌うでしょうからね。わたしにできることなど、なんにもないのですよ。あの生徒がすばらしい声をしているのを、せめても感謝《かんしゃ》するしかないようですね」

アーノット先生は、二錠《じょう》目のアスピリンをコップの水の中に落として、力なげにつぶやいた。

「教師《きょうし》の休み時間なのに、これでは休みにならないわ」

と言ったとたん、はっと顔を上げた。

「あの子、またもどってきたのかしら。わたし、耐《た》えられないわ。何をやっているんでしょう。廊下《ろうか》を行ったり来たりして」

ヘンダーソン先生が、コーヒーをするのをやめて、アーノット先生に教えた。

「サイモン・マーティンのことで文句《もんく》を言ってらっしゃるんですか。フェルサム先生に言いつかって、〈ニモ・スミスのマイクロプロセッサー統御《とうぎょ》の歩道〉の装置《そうち》を、サイエンス・フェアの展示《てんじ》場まで運んでいるんですよ。今日は、サイモンもちゃんと言われたことだけをやっていますよ」

「運びながら、船乗りの歌を大声で歌えと言われているのかしら」

「声を小さくするように言いましょう」

ヘンダーソン先生は、職員室《しょくいんしつ》のドアから首を出した。けれども、少し遅《おそ》かったようだ。カートライト先生が廊下《ろうか》のはずれに姿《すがた》をあらわしたのだ。

「サイモン・マーティン！」

そのどなり声で、サイモンの情熱的《じょうねつてき》なテノールの歌声がはたと止まった。

「なぜ君は、こっちでフラワー・ベイビーの体重測定《そくてい》をやらんのだ」

サイモンは、オシロスコープを両手いっぱいにかかえて、立ち止まった。

「フェルサム先生に頼《たの》まれて、器材を運んでいるんです、先生」と、自分より力の強い者におこられて、サイモンはまじめな調子で答えた。「サイエンス・フェアのためなんです」

カートライト先生の顔がくもった。

サイエンス・フェアだって！　サイエンス・フェアか！　始まるまでにはあと数日あるが、もう本当にいやになった。どうしてこんなことで、一学期が丸々つぶされなくちゃならないんだ。こういうごちゃごちゃしたことは、だいたいどこの学校でも、学期の最後にもっていくというのに。なんだって、フェルサム先生にはそれができないんだ。実際《じっさい》、あの男はうぬぼれが強すぎる。

いったん批判《ひはん》的な気分になってしまうと、カートライト先生はもう抑《おさ》えがきかなかった。廊《ろう》下《か》じゅうひびきわたるほどの大きな声で、教師《きょうし》らしからぬきたない言葉で、ののしり始めた。

サイモンはぎょっとした。サイモンはそのような悪い言葉を使わないというのではない。実際《じっさい》、もっと悪い言葉を、かなり頻繁《ひんぱん》に使っている。ただ、老《お》いぼれカートホースの場合、口から泡《あわ》を吹《ふ》き、それをぱっぱと飛ばしながらきたない言葉をまき散らすのだ。

すげぇなー！　サイモンは先生を見直した。

「そして君だ！」と、仕上げにかかったカートライト先生は、すごい顔でサイモンをにらみつけた。「そんなくだらんものはここに置いて、クラスにもどるんだ！　体重測定《そくてい》だ！」

「はい、先生」

サイモンは、オシロスコープや〈ウイスハートのデジタル正弦波《せいげんは》の発生装置《そうち》〉を床《ゆか》に置くと、大股《おおまた》に歩いていく先生のあとを、おとなしくついていった。

「ずっとましだな」

と、カートライト先生はつぶやいた。うまくいったようだ。サイモンは元気になった。ただ残念なことは、学校ではありがちなことなのだが、少々度をこして元気になってしまったようだが。

先生の機嫌《きげん》の悪さは、教室に行っても続いた。

「よおし！」

ドアを入ると、先生は大声でどなった。ちょうど、フィリップ・ブリュスターがサジッドの乳母車《うばぐるま》の上をジャンプしているのが目に入ったのだ。

「それまでだ！　もう、たくさんだ！　その鉛《なまり》の山車《だし》のようなものはすみにやって、各自、小麦粉ぶくろを持って並《なら》ぶんだ。集めてフェルサム先生に返す」

「ええっ！　返すんですか？」

生徒たちはおどろいた。けれど、その理由を先生はかんちがいした。

「そうだ、そうする。返すには四日早いのは知っているが、君たちが日記をつけるのも、今日の分まででよくなるんだ」

「でも……」

「でも、じゃない！」と、先生は大声をあげた。「フラワー・ベイビーを出すんだ。全員だ！」

先生は台秤《だいばかり》の脇《わき》に立った。

「最初はだれからだ？」

雷《かみなり》に打たれたようにしーんと静まり返ったのを見て、だれも最初はいやなのだとわかった。

「ジョージ、君はどうだ」

ジョージは、ひどくまごついてしまい、首をふることさえできなかった。

「ヘンリー？」

ヘンリーは、先生があのことを忘《わす》れているので、ほかの生徒にどうにかしてもらおうと、後ろを向いていた。それを見ていらいらした先生は、次の生徒に移《うつ》った。

「リックはどうだ。来てないって？　そうだ、もちろんそうだったな。では、君だ、ラス。君の小麦粉ぶくろはもういいか？　最後の測定《そくてい》がすめば、もう永久《えいきゅう》に君の手からはなれるんだぞ。どうだ？」

フラワー・ベイビーにくっついているネコの毛を取っていたラスは、顔を上げた。そのときになって、クラスのだれもが期待のこもった目でサイモンを見つめているのに気がついた。今、サイモンは真っ青な顔をして身体《からだ》も強張《こわば》っているようだが、とにかく、このプロジェクトを最初に勧《すす》めたのはサイモンだ。先生はプロジェクトの最後の日のことについて忘《わす》れているようなので、みんなは、サイモンが言ってくれるのを待っているのだ。

またネコの毛を取り始めたラスは、下を向いたまま、ごくあっさりと聞いた。

「でも、光りかがやく爆発《ばくはつ》はどうなっちゃうんですか」

カートライト先生は、じろっと見た。

「光りかがやくなんだ？」

「光りかがやく爆発《ばくはつ》」と、ラスは顔を上げた。「サイモンがみんなに言ったんです。最後の日には、光りかがやく爆発《ばくはつ》があるって。みんなでフラワー・ベイビーをキックして、ずたずたにするんだって」

「キックして、ずたずたにする？」

カートライト先生は、おもしろがり始めたようだ。

「フラワー・ベイビーをキックして、ずたずたにするというのか？　で、君はそれを信じたのか？」

先生がクラスを見まわすと、一様《いちよう》に、みんなのがっかりした表情《ひょうじょう》があった。

「そうか」と、先生は言った。「君たちみんな、信じたわけだ」

先生はサイモンのほうを向いた。固まってしまったようにぼうっとしていたのが、今はかなり困《こま》った様子でいた。

「君は、最後の日には、百ポンドもの小麦粉をキックできるんだと、みんなを説得したんだな？」

サイモンはうなずいた。

カートライト先生は、両手を大きく広げた。

「キックって、ここ、この教室でか？」

サイモンはまたうなずいた。

すると、カートライト先生はゆっくり、そして激《はげ》しく、クックッと笑い始めた。自分の身体《からだ》を支《ささ》えようと机《つくえ》の両端《はし》をつかんだときには、その笑いはさらに激《はげ》しくなった。ワハハハという高笑いになり、次には身体《からだ》を前後にゆすっての大笑いとなり、そしてついには、あたりをゆるがすお祭り騒《さわ》ぎのような笑いとなってしまった。おかしくて涙《なみだ》があふれ出る。先生の体重を支《ささ》えている机《つくえ》は、縦《たて》、横にガタガタゆれ動く。窓《まど》はカタカタ鳴りひびき、そしてとなりの教室でも、壁《かべ》にかかっている絵がゆれてアーノット先生をこわがらせた。

カートライト先生は、サイモンを指差した。

「君は……君は……」

しばらくは、そのあとが続かない。

「君は、言ったのか、みんなに。百ポンドの、小麦粉を、キック、してもいいと。この、教室で！」

先生は、上着のポケットから染《し》みのついた大きなハンカチを取り出して、止めどもなく流れる涙《なみだ》をふいた。

「それでもって、みんなも、それを信じた！」

すさまじいばかりの大笑いとなり、先生は、バランスをくずして床《ゆか》へひっくり返ってしまった。黒板はゆれる。教卓《きょうたく》は後ろにたおれ、その勢《いきお》いで黒板用の大きな定規《じょうぎ》がまっぷたつに折れてしまった。折れた半分は机《つくえ》の下に入ったが、あとの半分は天井《てんじょう》めがけて勢《いきお》いよく飛び、照明にぶつかってしまった。

バーン！

一つの、光りかがやく爆発《ばくはつ》だった。火花と、粉々になったガラスのかけらとが、雨のように生徒たちに降《ふ》りそそいだ。みんなはおどろいたり喜んだりしたが、古い、使いすぎた電線のピシッピシッ、パチッパチッというするどい音があたりを圧倒《あっとう》した。

その後は、しーんと静まり返ってしまった。すると、

「ほら、爆発《ばくはつ》だろう。サイモンは正しかったんだ」

と、ロビンが健気《けなげ》にも言ってくれた。

それからロビンは、ほかの生徒といっしょに箒《ほうき》と塵取《ちりと》りで、ガラスのかけらをドアの後ろのほうにきれいに掃《は》きまとめ、教卓《きょうたく》をもとどおりに起こした。

先生は、台秤《だいばかり》を教卓《きょうたく》の上に置いた。

「よし、悪ふざけはこれまでだ」

先生は、一番近くにいたラスを指差した。

「君のフラワー・ベイビーをよこしなさい」

ほかにどうすればいいのかわからず、ラスは、フラワー・ベイビーをカートライト先生にわたした。すると先生は、それをどさっと秤《はかり》の上にのせた。

「悪くないぞ、ラス。ほんのちょっと体重が減《へ》っただけだ。ネコの毛以外は、だいたいちゃん

としているな。よろしい」

先生は、フラワー・ベイビーを、ごみバケツ用の大きくてじょうぶな黒いビニールぶくろにどさっと落とし入れた。ビニールぶくろは何かのときのため、いつも教卓《きょうたく》の下に用意されている。

「これで、一つだ！」と、先生は実に楽しそうだ。「次、グィン」

グィンは、ちらっとサジッドを見た。サジッドは肩《かた》をすくめると、乳母車《うばぐるま》のところに行ってグィンのフラワー・ベイビーを引っぱり上げた。

「ここで、あずかり料の清算をしましょうか」

と、サジッドは愛想よく聞くと、わざとそのフラワー・ベイビーを、泥《どろ》まみれのランニング・シューズのスパイクの上に持っていった。手をはなして落とせば、小麦粉ぶくろはスパイクで破《やぶ》れてしまうだろう。

グィンは、しかめっ面《つら》をしながらポケットを深くまさぐり、フラワー・ベイビーを引き取るためのお金を出した。結局、これはビジネスなのだ。

「はい、これ」

と、不機嫌《ふきげん》そうに、グィンはフラワー・ベイビーを先生にわたした。

カートライト先生は、無雑作《むぞうさ》に台秤《だいばかり》にのせる。

「すばらしい。ぴったりだ」と言うと、愉快《ゆかい》そうにフラワー・ベイビーをごみぶくろに投げ入れる。「次は？」

サジッドは、この機会を利用することにした。みんなのいる前で、一番払《はら》いの悪い者から料金を取り立てようとしたのだ。手遅《ておく》れにならないうちに。

サジッドは乳母車《うばぐるま》に行くと、ルイス・ペレイラのフラワー・ベイビーをさがし出した。ルイスは、できるだけ愛想よく謝《あやま》ると全額《ぜんがく》を支払《しはら》い、小麦粉ぶくろを先生のところに持っていった。

先生はその体重を計るなり、

「これは少し増《ふ》えているな」

と言ったが、すぐに小麦粉ぶくろの底にお昼のサンドイッチを見つけた。ルイスのお母さんが落ちないようにとピンで留《と》めたものだ。

「いや、そうじゃないのか」

と、サンドイッチを取ってもう一度秤《はかり》にのせた。

「ぎりぎりで許容範囲《きょようはんい》内だな。よし」

ちょっと喚声《かんせい》があがった。クラスはしだいに元気になってきたのだ。たとえフラワー・ベイビーをキックできなくても、その代わりにサイモンを慰《なぐさ》みものにできる。身体《からだ》を強張《こわば》らせ、みじめな気持ちでいるサイモンを見て、まわりの者は、このときとばかりにやじり始めた。

「光りかがやく爆発《ばくはつ》だってか？　えー、サイムよー」

「休み時間を待ってろよな！」

「おまえをよー、光りかがやくように爆発《ばくはつ》させてやろうじゃん！」

先生は、次々とフラワー・ベイビーの重さを計り続けて、そういうクラスの雰囲気《ふんいき》は無視《むし》するようにした。今は、たとえどんなことがまわりで起ころうとも、カートライト先生もどんどん元気づいてきたようだ。一人ひとり名前を呼《よ》んでは、そのフラワー・ベイビーを、つやつやしている黒いごみぶくろに投げこむ。フラワー・ベイビーが目の前から消えると、先生は、重荷を下ろしたようにほっとするのだ。

「あとは、だれのが残ってるんだ？」と、先生は大声をあげた。「ビル・シモンズ。君のはもらったかな？　わたしたって？　それでは、ウェイン」

ウェインは、フラワー・ベイビーを教卓《きょうたく》に持っていった。

「ちょっと痩《や》せたようだな」と、先生はとがめるように言った。

フラワー・ベイビーを台秤《だいばかり》にのせると、小さな秤《はかり》の針《はり》はがんばってゆれ動いたが、目標の半分の目盛《めも》りのところまでいくのがやっとだった。

「三ポンド七オンス（約一・六キログラム）だと！」と、先生は信じられないようだった。「たったの三ポンド七オンス！　君はわかっているのか？　君のふくろは軽くなって、体重が半分になってしまっているんだぞ」

しかし、ウェインの顔のしかめ方がすさまじかったので、さすがのカートライト先生も、そこまででやめた。

そして、残っているのはあと一つ。

「サイモン」

サイモンは、身を固くして座《すわ》っている。

カートライト先生は顔を上げた。

「サイモン？」

と、もう一度呼《よ》ぶ。

サイモンは、まだ身じろぎもしない。顔が青ざめているなと先生は思った。まわりでがんがん悪態《あくたい》をつかれたとしても、こういうふうになるはずはない。とにかく、この少年はクラスの中ではきわだって力があるのだ。こわいもの知らずでもある。いざとなれば、クラス全員を束《たば》にして、なぐりたおすことだってできるだろう。それなのに、いったいどうしてあそこでしょげ返っているのだろう。

カートライト先生は、不思議そうにじっとサイモンを見つめた。あるいはサイモン自身が、フラワー・ベイビーをめちゃくちゃにキックするというバカげたことを、本当に信じていたのかもしれない。となると、これは、光りかがやく夢《ゆめ》が悲しくも消え去ったからだということか。

いやいや、四―Cを教えるときにはあまり考えすぎないようにしよう、とカートライト先生は気持ちを引きしめた。そうでないと、こっちがかなりおかしくなってしまうからな、と。

「サイモン！」と、先生はどなった。「君のフラワー・ベイビーを持って、こっちに来なさい。急ぐんだ！」

サイモンは、ぼうーっとしたまま立ち上がり、学生かばんの中からフラワー・ベイビーを引っぱり出してから、夢遊病者《むゆうびょうしゃ》のようにふらふらしながら秤《はかり》のところまで行った。

カートライト先生は、しぶしぶ差し出されたフラワー・ベイビーを見つめた。

「なんだね、これは？」

サイモンは、物思いからやっとわれに返った。

「はい？」

先生は、フラワー・ベイビーを突《つ》っついた。帽子《ぼうし》がずるっと落ち、フラワー・ベイビーはひどくインクのにじんだ目で、斜《なな》めから先生を小粋《こいき》に見つめる。

「なんだね、これは！」

サイモンはまごついた。

「ぼくのフラワー・ベイビーですけど、先生」

先生は不機嫌《ふきげん》そうな、いらだった顔つきとなり、

「しかしだな、これには反吐《へど》が出そうだ」と、がなり立てた。「実にむかむかする。非常《ひじょう》に恥《は》ずべき状態《じょうたい》だ。まぎれもない犯罪行為《はんざいこうい》だ」

「ほんの少しきたなくなりました」

と、サイモンは認《みと》めた。

「ほんの少しきたなくなっただと？」

先生は、フラワー・ベイビーの端《はし》をつまんで高く上げた。

「きたないっていうんじゃないんだ、これは。真っ黒っていうんだ」

「いえ、真っ黒っていうほどじゃ……」

けれど、カートライト先生は、サイモンに口答えなどさせなかった。

「君がどういう神経で、このわたしの教卓《きょうたく》に、こんなひどいものを、こんな恥《は》ずべきものを持ってきたのか、わたしにはわからん！」

先生は、フラワー・ベイビーをひっくり返し、

「それになんだね、ここについているのは、みんな」とさけんだ。「焼きこげ！　タフィー！　泥《どろ》！　糊《のり》！　よだれ！」

「そのよだれは、ぼくのじゃないですよ、先生」

と、サイモンは、急いでマクファーソンがやったと言おうとしたが、もう遅《おそ》かった。カートライト先生は爆発《ばくはつ》してしまったのだ。ほかの生徒たちは自分の席にもどって、サイモンがおこられるのを楽しんでいる。カートライト先生は教卓《きょうたく》から身を乗り出し、おこった顔を突《つ》き出した。

「新学期になってから、君にはかなりがまんしてきたんだ」と、サイモンをどなりつけた。

「わたしはがまんしてきたんだ。君がむっつりして無愛想《ぶあいそう》でも。君が講堂《こうどう》でぼけっとしていても。君が、あのかわいそうなアーノット先生をひっきりなしに悩《なや》ませていても。けれども、これを……、これを……」

先生は、フラワー・ベイビーを持ち上げて身ぶるいしている。

「このむかむかする、ぞっとするふくろをわたされても、わたしががまんするだろうと思っているなら……」

フラワー・ベイビーをつまんだまま、ごみ箱の真上に持っていった。

「君はまちがっている。まったくまちがっている」

フラワー・ベイビーは小きざみにゆれていた。猛《たけ》りくるっている先生に宙吊《ちゅうづ》りにされているその下のごみ箱の中には、だれかがさっき注意されて吐《は》き出したガムがある。

サイモンは、びっくりして目を大きく見開いた。先生には、フラワー・ベイビーをあそこに捨《す》てることなどできはしない。絶対《ぜったい》にできない。

けれど、カートライト先生にはできるのだった。指をはなした。

その瞬間《しゅんかん》、サッカーのチームで頼《たよ》りにされているサイモンの機敏《きびん》な動きが、フラワー・ベイビーを救った。先生が小麦粉ぶくろを落とし、いらいらしながらちょっとよそを向いたその刹那《せつな》、サイモンはさっと手を差しのべて、フラワー・ベイビーを受け止めたのだ。そして、ある考えがすっとひらめいたとたんに、もうごみ箱を蹴《け》っとばしていた。それも強く。

「そーらっ！」と先生は言って、満足した。ガーンという音をフラワー・ベイビーがごみ箱に入った音だと思ったのだ。「さてと、勉強を始めるとしよう」

先生は、小さくなったチョークを取って黒板に向かい、板書をしようとしている。サイモンは、セーターの中にフラワー・ベイビーを押《お》しこむと、みんなのほうに向き直った。だれも、サイモンのすばやい動きに気づかなかったようだ。いいぞ。確《たし》かに、みんなまだサイモンをにらみつけている。けれど、サイモンがだらだらと自分の席にもどっていっても、だれもセーターの中のふくらみにさわったり、そこを突《つ》ついたり、つかんだりしなかった。今のところ、フラワー・ベイビーは安全だ。

サイモンはどさっと席につくと、カートライト先生に注意をはらった。

「これから黒板に名前を書いていく」と、先生は厳《きび》しい調子で言っている。「フラワー・ベイビーの日記を全部出していない者の名前だ。抜《ぬ》けている日の分は、さがし出しても、書き直しても、でっち上げてもかまわん。しかし、だれもが十八日分の日記を必ず提出《ていしゅつ》すること」

別におどろくべきことではないが、名前のリストは長く、黒板に書くにはちょっと時間がかかった。生徒たちは、自分の名前をさがそうと書き出されていくリストを見守りながら、何日分の日記が抜《ぬ》けているのか、わいわいがやがやと騒《さわ》いでいた。サイモンは、このときとばかりに、だれにも気づかれないようにフラワー・ベイビーをセーターの中から出して、安全な机《つくえ》の中にこっそりと移《うつ》した。

最後に、カートライト先生は、リック・タリスの名前を黒板の左側の一番上に書いた。そこなら生徒の手がとどかないので、名前がずっと消されないでいる確率《かくりつ》が高いのだ。

それから先生は、ふり返って、

「だれでも、終わった者は、図書室に行って自習してもいいからな」

と、なだめるように言った。

それを聞いて、クラスの雰囲気《ふんいき》が少しやわらいだ。思いっきりこぶしを上げて喜んだ生徒もいたほどで、四―Cのクラスにとって、「自習」とは「陽気にやること」なのだ。

ジョージ・スパルダーだけは、まだ不満な様子だった。

「でも、監視員《かんしいん》のことはどうなるのですか」

「監視員《かんしいん》だって？」

「はい、先生。だれが監視員《かんしいん》だったのか、もちろん言ってもらえますよね」

「監視員《かんしいん》か……」

先生はすっかり忘《わす》れていた。監視員《かんしいん》……。思い出そうとして、フェルサム先生のつくった分《ぶ》厚《あつ》いサイエンス・フェアの手引書を手に取った。規定《きてい》が書かれているページをめくってみると、特定の人間が、たとえば親、生徒、教職員《きょうしょくいん》、一般《いっぱん》の人などが、ひそかに監視《かんし》する、とある。

これは、何もやっていなかったなと、カートライト先生は思った。

次のページをめくって、ページ数を見た。八十四ページ。前のページをめくり返すと、八十一ページである。フェルサム先生がこの手のまちがいをするはずはない。正確《せいかく》にページ数をうつはずだ。なにせ、他人の暗算のまちがいを訂正《ていせい》し、その上、どういうやり方でまちがえたかまでご親切に指摘《してき》してくれるような人間なのだから。

慎重《しんちょう》に、おそるおそる、少し厚《あつ》めのそのページを指で引っぱってみた。思ったとおり、見開きの八十二と八十三のページがくっついてしまっていたのだ。それを剥《は》がすと、学校外で監《かん》視員《しいん》を雇《やと》ったり、指導《しどう》したりするための教師《きょうし》向けのくわしい説明があらわれた。

パシッと音を立てて手引書を閉《と》じるなり、カートライト先生はジョージにきっぱりと言った。

「ああ、監視員《かんしいん》については、心配することはない」

ジョージは、今までにないほど強く食い下がった。

「だれが監視員《かんしいん》だったのか、教えてくれなきゃ困《こま》ります。ぼくたち、そいつらを打ちのめしてやるんです」

このことでは、クラスみんなの考えは一致《いっち》した。

「そうだ、なぐって気絶《きぜつ》させてやれ！」

「そいつらの頭をでこぼこにしてやれ！」

「こめかみを、げんこつでぐりぐりだ！」

カートライト先生は、うまく立ちまわった。

「わかった、わかった。では、君たちそれぞれが、監視員《かんしいん》じゃないかと疑《うたが》っている人たちの名前のリストをつくりなさい。で、もし当たっていたら、ちゃんとその人だと言ってあげよう」

生徒たちは、意気ごんで名前を書き始めた。おどろいたことに、どの生徒も一ダース、あるいはそれ以上の名前を、まちがいだらけの綴《つづ》りで書いていくのだ。それも、やつぎばやに悪態《あくたい》をつきながら。

「まず最初は、あの女だ。詮索《せんさく》好きなコウモリめ！」

「のぞき屋の、でしゃばり婆《ばば》あ！　あのガラス玉のような眼《め》を、片《かた》ときもおれからはなしやがらない！」

「『たっぷりと見たんだろう』って聞いたら、『なんのことだい。さっぱりわからんが』とぬかしやがる。でもおれは、あいつが見てるの、知ってるんだ。そう、知ってるんだ」

ゆっくり教室を歩きまわっていたカートライト先生は、生徒たちのリストがどんどん長くなり、悪口はますます激《はげ》しくなっていくのに、唖然《あぜん》としてしまった。これは異常《いじょう》だ。フェルサム先生には言っておかねばならない。監視員《かんしいん》など募集《ぼしゅう》するのは時間のむだ、まったく必要がないと。

先生がタリクのそばを通りすぎたとき、うらみがましく、ぶつくさ言うのが耳に入った。

「もちろん、あいつらはちょっと興味《きょうみ》あったからと言った。けど、それはお節介《せっかい》なのだ」

ビル・シモンズの日記は、なかなかポイントをついていた。

第十八日目

すごくいいのは、今日で終わりだということ。ぼくは、のぞきとか、しつこい小言に、もうがまんできなくなっているから。ほんものの赤んぼうのいる人って、完全にそういったもののぎせいになってると思う。フラワー・ベイビーだって、ぜんぜん知らない人がやってきて、ああだこうだと命令するのだから。「わたしならここに置かないわよ。よごれちゃうでしょ、ねえ」、「わからないの？　こう、こうしなきゃいけないのよ」、「だめ、だめ。そうしちゃだめよ。こう、こう、こう、こう……」

カートライト先生は近づいて、「こう、こう、こう……」と書き続けているビル・シモンズからペンを取りあげて、

「レコードの針《はり》でもひっかかっているのか？」と、ほがらかな調子で聞いた。「針《はり》をもどすのを手伝わせてもらったよ」

ビルのにらむような目つきなど気にもしないで、先生は、フィリップ・ブリュスターの最後の日記を読み始めた。ここでもまた、やたらと立ち入ってくる人のことが中心になっている。

フラワー・ベイビーのことで一番よくわかったのは、人間って、なんていやらしいんだってこと。みんな、やさしそうで、おしゃべりに来たんだってふりしてやってくる。でも、本当は、ちがったようにやれ、と言いに来てるんだ。「どういうふうに赤ちゃんとうまくやるか、おしえてあげるわ」と言って、ぞっとするようなあまったるい笑い方をする。そうじゃなきゃ、「わたしが一番だと思ったのは、これこれよ」とか言う。そしてぼくは、そのことに今まで気がつかないで、なんてぼくはバカなんだろう、というふりをしなくちゃならないんだ。

サジッドは、いつもどおり、しっかりと要点をまとめている。

ぼくにはわからないことがあります。新聞を開けば、必ずといっていいほど、赤んぼうをなぐった人がたいほされるという記事がのっています。そしてその人たちは、今までも何回もなぐっていました。ぼくにはわかりません。どうして、それまでにつかまらないで、何回も赤んぼうをなぐることができたのでしょうか。本当にわからないです。ぼくが布ぶくろの形をちゃんとさせようとしてフラワー・ベイビーをたたいたときなど、ぼくの家族は、けいさつにぼくのことを知らせるために、公しゅう電話にならぼうとさえしたのです。赤んぼうをなぐった人は、みんな、どこに住んでいるのでしょうか。家族がいないのでしょうか。近所の人は。それから、友……

サジッドは顔を上げた。

「『友達』って、どうスペルするのかな？」

と、みんなに聞いた。

一人や二人と仲直りしておくのも悪くはないと考えたサイモンは、教えてあげた。

「『f—r—e—i—n—d—s』じゃないかな。さっき、そういうふうに書いたけど、いいみたいだぜ」

いいはずがない。「f—r—i—e—n—d—s」である。サイモンのひどいスペルを直してやろうと、カートライト先生は教室をゆっくり横切っていった。けれど、まちがいをみてやる前に、ちょっとサイモンの机《つくえ》の後ろに立ち、きたない字で書かれた日記を読んでみた。

第十八日目——終わり——

光りかがやくばくはつと、最後にフラワー・ベイビーをずたずたになるまでキックするってことは、まったくのまちがいだった。かまうもんか。とにかく、ぼくはずるをするつもりだったんだから。自分のフラワー・ベイビーはかくしておいて、ほかのやつらのフラワー・ベイビーをいっしょになって、めっちゃくちゃにするつもりでいたんだ。ぼくは、四—Cのクラスにいるけど、でもそんなにバカじゃない。二、三日前、ぼくには自分のフラワー・ベイビーをずたずたにできないってことが、わかった。あのフラワー・ベイビーが好きになってしまったんだ。（そして特に今はできない。なぜなら、みんながぼくをにくんでいて、ぼくには一人も友……）

カートライト先生は、後ろから乗り出すと、ペンのキャップを外して、「友達」の綴《つづ》りを正しく直してやろうとした。そのときだった。先生の目の前で、その単語の二つの文字が消え、小さな青い水玉になってしまったのだ。

涙《なみだ》だ。まちがいなく涙《なみだ》だ。この少年はすべてが大きめにできているが、涙《なみだ》もそうだった。もっと涙《なみだ》がこぼれ落ちてくるかもしれない。先生は急いだ。上着のポケットに手を入れ、あの大きな染《し》みのあるハンカチを引っぱり出し、サイモンの手の中に押《お》しこんだ。

サイモンは、自分の日記の上の大きな、青くぼんやりとしたものを見つめた。まちがいない。それは涙《なみだ》だ。いったいどうしたんだろう。涙《なみだ》を押《お》さえなければ、ほかの生徒たちに気づかれてしまうだろう。休み時間がきたら、一巻《いっかん》の終わりだ。

ありがたいと思いながら、サイモンはそのハンカチを受け取った。カートライト先生は、サイモンの机《つくえ》の上に腰《こし》をかけた。ほかの生徒からは見えないように、その大きな背中《せなか》でサイモンをかばってくれたのだ。その間に、サイモンは気を落ち着かせることができた。

先生は、濡《ぬ》れたハンカチが自分の手の中にもどされたと感じると、机《つくえ》から腰《こし》を上げて日記の続きにもどった。

本当にフラワー・ベイビーの世話をするのが好きだった。ときどき、いやになったり、頭

にきたとしてもだ。夜ベッドにねているとき、洋服ダンスの上にすわらせたフラワー・ベイビーに見守ってもらうのが好きだ。昨日の夜、フラワー・ベイビーをうでの中でゆすってやっていると、母さんは、ある人を思い出すと言った。それがだれかとは言わなかったけれど、聞かなくてもわかった。ぼくが赤んぼうのとき、父さんもぼくをうでにかかえてゆすってくれたんだ。それがわかってよかった。もしかして、ぼくのことを本当に愛してくれてたのかもしれない。父さんは、父さんなりに。

一瞬《いっしゅん》、ぐっと胸《むね》にこみあげてくるものを感じたカートライト先生は、ハンカチを引っぱり出した。もう二度も涙《なみだ》を押《お》さえるのに使われたことをすっかり忘《わす》れていて、かわいているところをどうにか見つけると、ものすごい音を立てて鼻をかんだ。それから、心をふるい立たせて最後まで読みとおした。

父さんは愛じょうをつたえるのが、あまり得意じゃなくて、ああいうふうに家を出ていったんだ。でも、ぼくだって人のことは言えない。ぼくのフラワー・ベイビーだって、最後にはあんなにきたなくなって、先生にどなられて、耳がつんざかれるみたいだった。でも、ぼくは本当にフラワー・ベイビーの世話をしたんだ。本当にやったんだ。

カートライト先生は、もう耐《た》えられなかった。

「頼《たの》むから、君」と、かすれた声でささやいた。「あれがそんなに好きなら、ごみ箱から取り出して、家に持って帰んなさい」

サイモンは黙《だま》っていた。けれど、顔は赤くなり、知らず知らず前かがみになって、机《つくえ》の両端《はし》をしっかりにぎる。

不審《ふしん》に思ったカートライト先生は、サイモンの身体《からだ》をちょっと後ろにもどして、机《つくえ》の上ぶたを開けて中をのぞいた。フラワー・ベイビーが、暗闇《くらやみ》の中から心配そうに先生を見返していた。

カートライト先生は、ふたを閉《し》めて、サイモンを見つめた。サイモンも、先生を見つめる。

カートライト先生はおもむろに口を開いた。

「何が君の問題か知りたいかね、サイモン・マーティン。自分自身のことをだめなやつだと思いこんでいることだよ。確《たし》かに、君のフラワー・ベイビーはきたなく、胸《むな》くそ悪い。あれでは、どんな衛生検査《えいせいけんさ》にも合格《ごうかく》しないだろうし、もし本物の赤んぼうなら、『きれいな赤ちゃん』コンテストでは、とてもじゃないが優勝《ゆうしょう》できない。しかしだな、もし愛する者をいつも自分の身近に置いて、危険《きけん》から守ってやることが肝心《かんじん》だというならばだ、いいか、君はだれよりも立派《りっぱ》な父親になれる」

そこで大きな咳《せき》ばらいをして痰《たん》を切ると、先生は、そそくさと教卓《きょうたく》へもどっていった。生徒には近寄りがたい聖域《せいいき》へと。

第十章　光りかがやく爆発《ばくはつ》

カートライト先生は、フラワー・ベイビーのプロジェクトを今日で終わらせることに決めて、せいせいしていた。生徒たちは最後の日記を書いていたが、何事にも長続きしない四―Cの連中である。しだいにそれにも飽《あ》きてきて、時計の長針《ちょうしん》が一まわりするころには、サイモンに怒《いか》りをぶつけ始めた。サイモンは、ひどいまちがいを二つもしでかしたのだ。一つは、このプロジェクトを引き当てたこと。もう一つは、光りかがやく爆発《ばくはつ》についてかんちがいしたことである。

カートライト先生は、いつものとおり聞こえないふりをしていたが、悪意に満ちた言葉が乱《みだ》れとんだ。

「なんだって、フラワー・ベイビーなんか選んだんだよ」

「ほかのどんなプロジェクトだって選べたのによ。〈食べもの〉だってよかったんだ」

そのようなクラスの雰囲気《ふんいき》を変えようと、先生は、ラス・マウルドの日記を手に取った。ラスがたった今書き上げて、ふーっと大きなため息をつきながら、脇《わき》に押《お》しやったものだ。

「さあ、もう終えた者がいるぞ。まだ終わっていない者たちも、がんばるように。今から、ラスの最後の日記を読んでみるぞ」

先生は、しばらく目をくっつけて、書かれている字をどうにかして読み取ろうとした。けれど、読み取れない。

「先生、逆《さか》さまです」

と、ラスはとがめるように言った。

急いで先生は向きを変えた。

「なるほど。これならいいか」

先生は、さっきより時間をかけて、じっと見つめた。けれど、ついにあきらめてラスに返すと、それとなく注意した。

「ちょっと気張《きば》りすぎだな。崩《くず》し字は、まだ君には早いな」

先生がラスの机《つくえ》からはなれると、ちょうどベルが鳴った。とたんに、いつものように、自分勝手にばたばたと持ちものをかばんにしまったり、キーキーと椅子《いす》をきしらせたりする音がいっせいに起こった。

「『行け』と言うまでは、待つんだ！」

と、先生はどなった。

騒《さわ》がしさは、少しのあいだ静まった。

カートライト先生は、生徒たちより先に教室を出て、職員室《しょくいんしつ》でコーヒーを飲もうと思った。そこで、生徒たちをにらんでその場におしとどめておいて、自分はドアへと後ずさりをしていき、「よし、行け」と言うが早いか、もう長い廊下《ろうか》を歩いていた。

先生が行ってしまうと、生徒たちは群《む》れをなして、獲物《えもの》に飛びかかっていった。

「逃《に》げられるとでも思ってるのかよ、サイム」

「おれたちをあんなふうにだましやがって！」

「『今までの理科の中で最高だ』って言ったんだぜ。『ものすごーく、いいぞ』ってな」

またサイモンは、知らず知らずに前かがみになり、机《つくえ》をぎゅっとつかんだ。サイモンが怖《お》じ気づいてそんな真似《まね》をするはずはない。またしても、これはまずかった。

「机《つくえ》の中に何入ってんだよ？」

「開けて見せろよ、サイム」

「見ちゃおうぜ」

サイモン一人では相手が多すぎた。興奮《こうふん》したみんなが、いっしょになって体当たりしてきたので、机《つくえ》がひっくり返り、そのひょうしに上ぶたがバタンと開いてしまった。

机《つくえ》の中からフラワー・ベイビーが勢《いきお》いよく跳《は》ね上がって出てきて、みんなの頭の上をこえ、机《つくえ》だけが並《なら》んでいる後ろのほうへ飛んでいった。サイモンは横にすべりぬけると、フラワー・ベイビーを追いかけ、やっとの思いで受け止めた。小麦粉ぶくろの布目《ぬのめ》全体から、ぼわーっと小麦粉が舞《ま》い上がった。ちょうどそのとき、カートライト先生が煙草《たばこ》を取りにもどってきたのだ。

先生は、蜂《はち》の巣を突《つ》ついたような騒《さわ》ぎと、教室の後ろのほうが小麦粉でけむっているのをいらついた目でちらっと見た。忘《わす》れ物を取りに来た先生としては、その騒《さわ》ぎに立ち入って、大切な休憩《きゅうけい》時間をこれ以上つぶす気持ちはない。

とにかく、悪いのはサイモンである。

「サイモン。月曜日、反省室行き。理由は、教室で禁《きん》じられているボール・ゲームを始めたため」

と、先生は大きな声で告げた。それから、教卓《きょうたく》の上ぶたを少し上げて、隅《すみ》にある書類の下から煙草《たばこ》を取り出した。生徒たちが、どうしてもどってきたのかと不審《ふしん》に思っているのがわかると、これ見よがしにフラワー・ベイビーの入っている大きなごみぶくろをつかんで、ずるずる引きずりながら教室から出て行った。

不公平な罰《ばっ》のあたえ方に腹《はら》を立てたサイモンは、動きを止めて先生の後ろ姿《すがた》をにらんだ。そのちょっとのすきをついて、ウェインはフラワー・ベイビーに飛びかかった。と、サイモンは反射的《はんしゃ》にくるりと向きを変えると、フラワー・ベイビーをぽーんと高く投げ上げるや、すぐさま椅子《いす》に跳《と》びのって、落ちてくるフラワー・ベイビーをしっかと受け止めた。ウェインの攻撃《こうげき》をかわしたのだった。

生徒たちの騒《さわ》ぎが大きくなったのを聞きつけ、廊下《ろうか》を歩いていたカートライト先生は、引き返してきた。サイモンが椅子《いす》の上に立っている。

「火曜日、反省室！」と、先生はどなった。「理由は、学校の備品《びひん》の上にのっかったため」

そしてすぐ、踵《きびす》を返して行ってしまった。

クラス全員が、サイモンからフラワー・ベイビーを取り上げようとにじり寄《よ》ってきた。椅子《いす》の上のサイモンは、まるく包囲されてしまっている。みんなが油断《ゆだん》しているうちに、ドアをめがけてジャンプしようか。けれど、教室を抜《ぬ》け出して廊下《ろうか》を走って行けば、またカートライト先生に、校舎《こうしゃ》内で走ったという理由で反省室行きを命じられるだろう。それはわかりきっていた。

けれど、それがなんだというのだ。人生には、続けて三日反省室に行くよりもっとひどいことだってあるのだ。反省室行き三日分を合わせたとしても、時間的には、ヒヤシンス・スパイサーのあのいやな誕生日《たんじょうび》パーティーに出ているよりも短いぐらいだ。そしてサイモンは、今まで、七回もそのパーティーに耐《た》えぬいたのだった。

一か八かやってみよう。老《お》いぼれカートホースのやつ、前になんて言ったっけ？　「君は、スポーツのほうでは学校のヒーローなんだろう？」だ。

よし、やってみよう！

急に力がみなぎってきて、サイモンはジャンプした。みんなはびっくりし、大騒《おおさわ》ぎとなった。サイモンが机《つくえ》から机《つくえ》へ跳《と》び移《うつ》っていくので、机《つくえ》はがたがたとゆれ動き、椅子《いす》は後ろにひっくり返る。フラワー・ベイビーを高くかかげながらジャンプするサイモンに、またカートライト先生の言葉がひびいた。「何が君の問題か知りたいかね、サイモン・マーティン。自分自身のことをだめなやつだと思いこんでいることだよ」

ペンや定規《じょうぎ》を蹴《け》散らして、ウェインの机《つくえ》からラスの机《つくえ》に跳《と》んだ。フィリップ・ブリュスターの計算器を飛ばし、ルイスの机《つくえ》など跳《と》びこしてしまった。そして最後に大きくジャンプし、サイモンは逃《に》げきったのだ。

教室を出たサイモンは、こぶしを高々と上げた。何か強い力があふれてくるように感じた。それは、もう何年も前の昔、クリスマスの劇《げき》にすばらしい真紅《しんく》のマントを身にまとって、本当に天使のラッパの音を聞いたとき以来のことだった。

悪い父親になるのはだれだ。もちろん、サイモンではない。たぶん、ロビンのような人間だろう。やってられなくなって、親として責任《せきにん》を早めに切り上げようとするのだ。そして、スーのような人間は、初めから親になろうとさえしない。けれど、このサイモン・マーティンは、そんなに悪くはないだろう。いや、悪くないどころか、かなりいいだろう。あふれるような自信に酔《よ》いしれていると、再《ふたた》びカートライト先生の言葉が生き生きとよみがえってきた。「危険《きけん》から守ってやることが肝心《かんじん》だというならばだ、いいか、君はだれよりも立派《りっぱ》な父親になれる」

横から足が突《つ》き出され、サイモンはつまずいて、どさっと大の字になってたおれた。手から飛ばされたフラワー・ベイビーは、廊下《ろうか》を五、六メートル先まですべっていった。

本当のカートライト先生の声が、頭上から鳴りひびいた。

「ああ、サイモンか。ちょうどいい。水曜日も反省室だな。もちろん、理由は廊下《ろうか》を走ったためだ。ところで、せっかくここにいるんだ。このごみぶくろを、フェルサム先生のサイエンス・フェアの展示《てんじ》室まで引っぱって行ってくれるかな。いい子だ」

カートライト先生は、上着のポケットにある煙草《たばこ》の箱を軽くはたいてから、コーヒーと煙草《たばこ》を飲もうと、急いで立ち去った。

サイモンが痛《いた》みをこらえて起き上がったとき、水力発電所の部品を運ぶ生徒たちの一団《いちだん》を後ろにしたがえて、フェルサム先生が廊下《ろうか》の角をまわってきた。

「さがって！　さがって、さがって、さがって！」

サイモンを追いかけるために争ってドアから出てこようとしている四―Cの生徒たちに向かって、フェルサム先生は、ライオンの調教師《ちょうきょうし》のようにどなり散らした。

「さがるんだ、君たち！　わからんのか。これは高価《こうか》な器材なのだ」

と言ってからすぐに、フェルサム博士は、廊下《ろうか》に置かれている〈ウイスハートのデジタル正弦波《せいげんは》の発生装置《そうち》〉に気づいた。それは、さっきサイモンが、カートライト先生に言われて、そこに置き去りにしていったものだ。

「いったいどうしたのだ？」

それから、オシロスコープにも目がいった。

「これは、けしからん！」

次に、サイモンを見た。

「君！　そこの君！　べったりと座《すわ》りこんでいる、君だ！」

怒《いか》りのため、フェルサム先生が言葉につまっているのに気がついて、サイモンは顔を上げた。

「月曜日は、反省室行きだ！」

「水曜日まで、反省室行きになってます」と、サイモンは顔をしかめた。

「ならば、木曜日だ！」と、フェルサム先生はぴしりと言い返した。「いいかね、この器材は、一時間も前に展示室《てんじ》に運ばれていなければならなかったのだ」

ため息をついてサイモンは立ち上がり、だれか助けてくれないかとあたりを見まわした。けれど、クラスの者たちはみんな、どこかに消えてしまっていた。フェルサム先生がすごい勢《いきお》いでおこり出したものだから、こそこそと逃《に》げ出したようだ。

引き上げていくフェルサム先生の背中《せなか》に向けて、サイモンは、ひどいしかめっ面《つら》をしてみせた。そして、自分のフラワー・ベイビーをまず上着の中に突《つ》っこむと、〈ウイスハートのデジタル正弦波《せいげんは》の発生装置《そうち》〉とオシロスコープをかかえ上げた。それから、なんとか二、三本の指があくように持ち直して、そのあいた指で大きいごみぶくろをつかんで、ゆっくり、ゆっくり、よろめきながら展示室《てんじ》のほうへ歩いていった。

いくつもの実験室がある理科セクションに入ってから、三番目の両開きのドアを通り抜《ぬ》けたときに、そのドアの後ろでヒグハム先生が待っていた。

「やっと来たか！」と、先生はサイモンからオシロスコープを引ったくった。「これは、一時間以上も前に来てなきゃいけなかったんだよ！」

壁《かべ》に貼《は》りつけられているフェルサム先生のことこまかな展示《てんじ》プランを、ヒグハム先生は調べた。

「ウイスハートのものも、ここでいいようだ」

先生は、〈デジタル正弦波《せいげんは》の発生装置《そうち》〉もサイモンの腕《うで》からかかえ上げると、サイモンが引きずっているものに気がついた。

「ごみぶくろの中身は？」

「フラワー・ベイビーです」

ヒグハム先生は、もう一度展示《てんじ》プランをながめた。

「フラワー・ベイビー……、フラワー・ベイビー……と。あっ、ここだ」

先生は顔をしかめた。

「持ってくるのが少し早すぎたな。まあ、いい。十八番テーブルに並《なら》べて」

サイモンは動こうとしない。先生はいらいらしてきた。

「さあ、あっちへ行って、並《なら》べて」

サイモンはしかめっ面《つら》をした。人からびしばし何か言われるのにうんざりしていたのだ。

「どうやってですか？」と、サイモンは不快《ふかい》そうな顔で尋《たず》ねた。

ところがヒグハム先生は、もっと大切なことをしなければならなくなった。〈ピッキンの窓《まど》用《よう》電子警報器《けいほうき》〉が運ばれてきたのだ。

「いいかげんにしてくれよ、君！」と、サイモンはしかられた。「いちいち教えなきゃわからないのか？　興味《きょうみ》深く並《なら》べたて、それがなんであるか、ラベルに書けばいいんだ」

サイモンはしぶしぶ、ごみぶくろを十八番テーブルまで引きずっていった。そのテーブルは展示室《てんじ》のすみの、ちょっとやそっとでは見えないような外れに置かれていて、サイモンは、やりきれないほどの怒《いか》りをふっと感じた。

一つ一つ、フラワー・ベイビーをテーブルの上に置いていった。ほとんどのフラワー・ベイビーが、この十八日間でかなり変わっていた。目があるもの、なかには鼻や耳、唇《くちびる》、そしていぼまでついているものもある。ジョージ・スパルダーのは、はしかにかかっているようだった。ビル・シモンズのには、ヤグルマギクの刺青《いれずみ》がこれ見よがしに描《えが》かれている。ルイスのときたら、パイプをくわえている。

さて、どうすれば興味《きょうみ》を引く展示物《てんじぶつ》になるのだろう。

まずサイモンは、自分のフラワー・ベイビーを上着の下から引っぱり出すと、テーブルの真ん中に置いた。それから、それをまるく囲むようにほかのフラワー・ベイビーを置く。

いいぞ。

サイモンは、近くのテーブルからラベル用のカードを取ってきて、裏返《うらがえ》しにした。「フラワー・ベイビーの女王とその臣下たち」とタイトルを書いてから、冷静にながめてみた。見に来た人たちは、なんだかわかっても、おもしろいとは思わないだろう。

サイモンはやり直すことにした。今度は、フラワー・ベイビーを二つずつ組ませ、土曜の夜のパーティーのように置いてみた。

そしてまた、ほかのテーブルからラベルを盗《ぬす》んだ。「レーザー線の波長の測定《そくてい》」ときれいにタイプされているものをばってん印で消してから、裏《うら》を返してタイトルを書いた。「乱痴気騒《らんちきさわ》ぎのパーティー」としたつもりなのだが、字がまちがっているような気がする。それに、これもあまりおもしろそうには見えない。

また、フラワー・ベイビーを並《なら》べかえてみた。ただの十八個《こ》の小麦粉ぶくろがごたごたと固まってテーブルにのっているだけ、というものになった。

あきらめて、また、ちがったふうに並《なら》べてみた。今度は、フラワー・ベイビーをきちんと整列させると、「フェルサム先生のクラスのまじめ人間たち」と書き入れた。

興味《きょうみ》深いものとはいえない。

最後のものは、すばらしいアイデアだった。

まず、「ホッキングの無重力のプロジェクト」のカードを取ってきて、その裏《うら》に「サイモン・マーティンのすばらしいゴール・キック」と書いた。それから、床《ゆか》に落ちていたチョコレート・バーの包み紙を丸めてサッカー・ボールに見立て、フラワー・ベイビーをサッカーの試合のように配置していった。まず最前列のフォワードに、三個《こ》のフラワー・ベイビーを置いた。真ん中のミッド・フィルダーに四個《こ》、そして後列のディフェンダーは三個《こ》だ。次に相手方のチームも同じようにポジションを配置した。

あのかがやかしい日、サイモンは深い守備《しゅび》をしていた。攻撃《こうげき》チャンスがきたとき、すさまじい速さでドリブルしながら、次から次へと立ちふさがる敵《てき》をかわして、ウイングを突《つ》き進んでいった。そしてペナルティ・エリアぎりぎりのところに達すると、ゴールめがけて思いっきりボールをキックしたのだ。あまりの速さに、相手方のゴールキーパーでさえ、ボールがまっすぐにゴールを突《つ》き抜《ぬ》けたのがわからなかったほどだ。そして、そのあと、サイモンはよけきれずに、がっちりとしたスイーパーと衝突《しょうとつ》してしまったのだった。

その最後のプレーの様子がくっきりと目にうかび、夢中《むちゅう》になっていたサイモンは、思わず手にしていた二つのフラワー・ベイビーを激突《げきとつ》させた。

「ズン！　ズン！　ドォーン！」

ぶつかり合った二つのふくろから、小麦粉がぼぁーと舞《ま》い上がった。

十八番テーブルはずっとはなれたところにあって、見えないはずだった。ところが、ヒグハム先生がすぐに、おこってやってきたのだ。

「小麦粉だ！　そこらじゅう小麦粉だらけにして！　サイモン・マーティン、いったい何やっているんだ！　いつもよりひどいうすバカぶりじゃないか！」

サイモンはいらだってきた。先生たちの言いつけどおり、一生懸命《けんめい》やっただけなのだ。

ヒグハム先生は、びゅんびゅんまわる独楽《こま》のように、すごい勢《いきお》いであたりを見まわし、金切り声をあげた。

「見たまえ！　見たまえ！　この小麦粉を！　〈バーンシュタインの加圧《かあつ》シリンダー〉の上にも！　〈バターワースの音声合成器〉の上にもだ！　君は、反省室だ！　サイモン・マーティン」

「あいているのは、金曜からですよ」

と、むかむかとしたサイモンは、突《つ》き放すように言った。

「それなら、金曜日だ！　それから、ちゃんと反省室へ行かなくったってわかりゃしない、などと思わないことだ。わたしは必ず見に……」

ヒグハム先生は、突然《とつぜん》言葉を切った。

「なんてことだ！　〈タグウェルの浄化水装置《じょうかすいそうち》〉の中にも小麦粉がたまっている！」

先生は、サイモンのほうに向き直った。

「そんなもの、ここから運び出しなさい！」

「でも……」

「外に出すんだ！」

ヒグハム先生のおこり方がすごかったので、サイモンは言い返せなかった。急いで全部のフラワー・ベイビーをかき集めて、ごみぶくろに入れた。

「急いで！　早く！　外に出して！　持っていくんだ！」

サイモンはしかめっ面《つら》をしながら、ごみぶくろをドアのほうに引っぱっていった。

「あっ、でも、どこへ持っていけば……」

ヒグハム先生は、サイモンの質問《しつもん》にきちんと答える気など、もはやなかった。

「ただ、外に出せばいいんだ！　持っていくんだ！　そのどうしようもない代物《しろもの》は、キックしてずたずたにしてもかまわん。とにかく、実験室の外に出してもらおう！　今すぐに！」

おとなしく言うことを聞いて、サイモンは重いふくろを引きずって、展示《てんじ》場となっている実験室から出ていった。今度は、あまり気をつけないで両開きのドアを次々と通り抜《ぬ》けていったので、そのたびに、床《ゆか》に突《つ》き出ているドアの留《と》め金にふくろを引っかけてしまった。裂《さ》けていくふくろからは小麦粉がどんどんこぼれていき、サイモンが歩くにつれ、その後ろには一本の小麦粉の帯が続いていくのだった。

理科セクションの正面ドアから出たときに、サイモンはアーノット先生にぶつかってしまった。

「授業《じゅぎょう》に出ないで、何をしているの？　もうさっき、ベルは鳴ったのよ」

サイモンは一瞬《いっしゅん》考えた。フラワー・ベイビーを展示《てんじ》室に運んでいたところだ、と言うことはできた。けれど、アーノット先生は信じてくれそうにない。サイモンはちょうどそこから出てきたところなのだから。フラワー・ベイビーを四―Cの教室に持って帰るところだとも言えた。するとアーノット先生は必ず、サイモンが教室に入っていくのを見とどけようとするだろう。けれど、フラワー・ベイビーをカートライト先生に返すのはかなりまずいだろう。悪い知らせをもたらして、そのために殺害された昔の伝令たちの例もある。

結局サイモンは、いつものように黙《だま》っていることにした。

アーノット先生は、アスピリンの瓶《びん》が入っているかどうか確《たし》かめようと、ショルダー・バッグに軽くさわった。

「サイモン、ほかにしようがないの、ごめんなさい。理由もなく授業《じゅぎょう》に出ないのなら、反省室に行かなきゃならないわ」

「次の月曜日ということになりますよ」と、サイモンは言った。「それまでは、毎日反省室行きになってるもんで」

「まあ、サイモン！」と言って、アーノット先生はこめかみを押《お》さえた。いつものことだが、頭痛《ずつう》が始まったのだ。

「だいじょうぶですよ」と、サイモンは男らしく言った。「気にしてませんから」

それは本当だった。理由を説明するか、一日分反省室行きが増《ふ》えるかだったら、サイモンは反省室のほうがずっとよかった。そちらのほうがずっと簡単《かんたん》だった。

「それじゃ、来週の月曜日ね」

サイモンはうなずくと、ごみぶくろの口をしっかりつかんで、堂々とした態度《たいど》で歩いていった。その時期にはまだ早いが、まるでサンタ・クロースのようである。アーノット先生は、避《さ》けるようにしてサイモンに道をあけた。

そのとき、小麦粉の帯が目に入ったのだ。

「サイモン……」

「はい？」

けれど、先生は何も言わずに足早に立ち去った。アスピリンを飲もうと、職員室《しょくいんしつ》に飛んでいったのだ。

サイモンは立ち止まったまま、床《ゆか》の小麦粉の上に残った先生の足跡《あしあと》を見つめた。予知というか直感というか、何かそういうものがひらめいた。アーノット先生は今に学校を辞《や》めてしまうぞ、と。あの人は指導力《しどうりょく》をなくしてきている。先生という職業《しょくぎょう》で唯一《ゆいいつ》必要なものがあるとしたら、それは指導力《しどうりょく》である。朝の八時十五分から夕方の四時十五分までの間、それが必要なのだ。サイモンは指を折って数えてみた。八時間だ。八時間の仕事とは、長くつらいようだが、よく考えれば、一日の三分の一だ。たったの八時間だ。もし、あのかわいそうなアーノット先生が、その八時間さえもうまくやっていけないのなら、学校を辞《や》めて赤んぼうを育てようなどと考えないほうがいい。

それこそたいへんな仕事なのだから、とサイモンは思った。二十四時間、働きづくめだ。毎日、二十年近く、休憩《きゅうけい》もなく、休日もない。それにくらべれば、あのいやなヒヤシンスの誕《たん》生日《じょうび》パーティーなぞ、一瞬《いっしゅん》のこと、カゲロウの瞬《また》きのようなものだ。親になるってことは、終身刑《しゅうしんけい》になるようなものだ。もしあのとき、お母さんが病院で赤んぼうを産まないで、たとえば包丁《ほうちょう》でだれかを刺《さ》し殺すというようなことをしたとしても、今はもう刑務所《けいむしょ》から出ているだろう。もし模範囚《もはんしゅう》だったら、たぶん刑期《けいき》はもっと短くなるだろう。

サイモンは、自分のフラワー・ベイビーをごみぶくろから取り出して、じっと見つめた。この子育てっていう仕事は、真剣《しんけん》になればなるほど大変になる。絶対《ぜったい》に危険《きけん》なものだ。活力がなくなる。しばりつけられる。自分の才能《さいのう》も十分発揮《はっき》できなくなる。そして、まわりにはスパイや小うるさい人間がうろちょろするようになる。それにくらべたら、先生の仕事なんか、大変と言ったたって、いやなパーティーに出る程度《ていど》のものだ。

お父さんが辛抱《しんぼう》できなかったのは、よくわかる。それどころか、一千八時間もどうやってがまんしたのかと不思議に思うくらいだ。自分がフラワー・ベイビーを世話したのより、二倍も長いのだ。そして、お母さんだ！　もう何百万時間も子育てをしている。お母さんこそ、本当の英雄《えいゆう》であり、聖人《せいじん》であるにちがいない。

「母さんは、もう完全に、おれにはうんざりしていると思う」

と、サイモンはフラワー・ベイビーに話した。

けれど、そうではないことは、サイモンにもわかっていた。おばあちゃんの鬘《かつら》をタリスの犬にかじらせたり、ヒヤシンスめがけてサボテンの鉢《はち》を投げつけたりと、ひどくめちゃくちゃなことをやったこともあったが、それでもお母さんは、サイモンを本当に愛してくれている。

「こういうふうにして、罠《わな》にかかるのさ」と、サイモンは説明した。「つまり、最初はどんなに大変かわからないんだ。そして、それがわかったときには、もう遅《おそ》いのさ」

そこで、ちょっと一息ついた。

「『そびゆる大船』なら別だけどね」

そびゆる大船……。

父さん……。

サイモンは、ごみぶくろの上に腰《こし》を下ろした。すると、ごみぶくろは形を変え、心地よい巣のようにサイモンを包んだ。その中で、サイモンは一生懸命《けんめい》に考えた。

父さん。

サイモンはその言葉を、舌の先で転がしてみた。

「おれの父さん。おれの父さん。おれの父さん」

だれだ？

だれだ？

「だれだ？」

その声はロビンだった。サイモンをさがし出して引っぱってこいと言われて、やってきたのだ。

「そうだ！」と、サイモンは言った。「だれなんだ？」

けれど、ロビンはなぞなぞをやる気などはない。使命を帯びているのだ。

「立てよ、サイム。教室にもどらなきゃ。老《お》いぼれカートホースのやつ、いらいらしてるぜ」

「いいか」と、サイモンは、ロビンの言うことなど気にもかけず、話し始めた。「おれは、だれが親父《おやじ》だかわからない。そいでもって、向こうも、だれが自分の息子《むすこ》だかわからないんだ。そうなると、母さんやおばあちゃんが言っていたことは、正しいってことになる。親父《おやじ》が出ていったのは、本当におれとは関係ないんだ」

「立てってば、サイム。もうやめとけよ」

「別に、親父《おやじ》がしたことは正しいって言うんじゃない」と、サイモンは続ける。「ああいうふうに出ていって、母さんにだけ、おれのめんどうをずうーっとみさせたんだからな」

サイモンは、フラワー・ベイビーを突《つ》っつく。

「けど、こいつを三週間ばかり引っぱりまわしていて、おれ、わかったんだよ。どうしてああいうことになったのか。おれが言いたいのは、あのことはもう、おれとは関係ないってことなんだ」

「そうだよ、サイム。だからさぁ、立てよ。頼《たの》むからよー」

「いいか、おれと親父《おやじ》の関係は切れたんだ」と、サイモンは止まらない。「と言ったって、おれたち、今までも関係はなかったんだけどさ。親父《おやじ》とはもう、本当になんでもなくなったんだ。世界の向こうっかたには、おれとはなんの関係もない人たち、おれのことなんかまるで知らない人たちが、星の数ほどいるのさ。その人たちはみんな、おれがいなくなってもうまくやっていけるし、おれだって、その人たちがいなくてもうまくやっていけるんだ」

ロビンはもう、がまんできなくなった。

「サイム、おれ、おまえのせいでめんどうなことになるの、やだからな。おれ、もう行くぞ。おまえを見つけたけど、クラスにもどろうとしませんでしたって、老《お》いぼれカートホースに言うからな。小麦粉ぶくろの上に座《すわ》って、家の人たちのことをまくしたてて、動こうともしませんでしたって」

サイモンにはまるで聞こえていないようだった。

「それでもって、おれはわかったんだ。おれの親父《おやじ》っていったって、そういう人たち、つまり、おれのことを知らない人たちの一人なんだって。大事なのは、おれのことを知っている人間だけなんだ」

「サイム、おれ、数かぞえるからな」

「とすると、その数に入るのは、母さんだろう。おばあちゃんと、それとスー」

「いーち……」

「けど、あの人、親父《おやじ》は、数に入らないのさ」

「にーい……」

「別に、親父《おやじ》のこと、責《せ》めてるんじゃないんだ。ただ、数に入らないってことさ」

「さん！」

サイモンが正気にならないので、仕方なく、ロビンは教室へともどっていった。フラワー・ベイビーを相手に話し続けるサイモンの声が、廊下《ろうか》の角を曲がろうとしたロビンに、まだぶつぶつと聞こえる。

「なんか、すっきりした気分だ。本当にすっきりした。今までは、親父《おやじ》のことがすごく気になっていた。けれど、今はちがう。もう、自由って感じなのさ」

フラワー・ベイビーの、長いまつげにふちどられた優《やさ》しい目が、見つめ返している。

「わかるよな？」

フラワー・ベイビーの表情《ひょうじょう》は変わらない。

「おまえ、わかってんのかよ？」

フラワー・ベイビーはまったく表情《ひょうじょう》を動かさず、サイモンを見つめている。

ゆっくりと、そしてしっかりと、サイモンは目が覚めていった。いったい自分は何をしているんだろう。学校の廊下《ろうか》で、大きくふくらんだごみぶくろにゆったりと座《すわ》り、小麦粉ぶくろに話しかけていたんだ。頭がおかしくなったのか？

サイモンは、ものすごい勢《いきお》いですっくと立ち上がった。

フラワー・ベイビー！　こいつはベビーってな代物《しろもの》じゃない。こいつは、バカげた小麦粉のふくろにすぎないんだ。「こいつ」って呼《よ》ぶのだって、おかしいくらいだ。物なんだから……。いったい、どうしたっていうんだ。この三週間というもの、自分の人生について小麦粉のふくろと話し合っていただなんて。おかしくなっていたのか？　今自分が持っているふくろは、本当の赤んぼうじゃない。ごみぶくろに入っているどのフラワー・ベイビーだって、本物じゃない。全部、つまらない、学校のプロジェクト用の物なのだ。

サイモンは、ごみぶくろの底の角のところをつかむと、ぐいっと力をこめて逆《さか》さまにした。中身が、どさどさどさっと投げ出された。小麦粉ぶくろだ！　どれも、ただの小麦粉のふくろにすぎないんだ！

一つをつかみ取ると、天井《てんじょう》に投げつけた。するとふくろが裂《さ》け、中の小麦粉が雨となって、あたり一面に降《ふ》りそそいできた。サイモンは平気だった。というより、今まではなかったようなすばらしい気分になった。それは、突然《とつぜん》に出獄《しゅつごく》を許可《きょか》されたようなすばらしさだった。船が難破《なんぱ》して希望もないまま泳いでいると、陸地の灯《あか》りが見えた、というときのようなすばらしさだった。医者と牧師《ぼくし》と教師《きょうし》がやってきて、「自分たちのまちがいだった。君はまだ親にならなくともよい」と告げられたときのようなすばらしさだった。

もう終わったんだ。すっきりした！

サイモンはもう一つ、フラワー・ベイビーを天井《てんじょう》に投げつけた。そして、また一つ。フラワー・ベイビーなど、ただの赤んぼうの代わりなんだ。サイモンは、フラワー・ベイビーを本当にかわいがるようになった。そしてよく世話もした。けれど、本物の赤んぼうではないのだ。だから、サイモンは自由なのだ。自由、自由、自由、自由なのだ！

次に投げられたフラワー・ベイビーは、天井《てんじょう》の電灯にぶつかって破《やぶ》れた。滝《たき》のように落ちてくるその小麦粉を顔に受け、サイモンは歓《よろこ》びにひたった。そしてまた、フラワー・ベイビーをもっと強く投げつける。かまうものか。ヒグハム先生は許可《きょか》してくれたのだ。「そのどうしようもない代物《しろもの》は、キックしてずたずたにしてもかまわん。とにかく、実験室から外に出して

もらおう」と言ったのだ。

キックしてずたずたにする？

とびきり最高のアイデアだ！

サイモンは、小麦粉ぶくろを一つキックした。そしてまた一つ。小麦粉ぶくろの爆発《ばくはつ》となった。あたりにもうもうと立ちこめる小麦粉は、きのこ形の白い雲となり、逆巻《さかま》きながら廊下《ろうか》に降《ふ》り積もっていく。次々と小麦粉ぶくろをキックしていくたびに、真っ白な粉の煙《けむり》がどんどんすさまじいほどに噴《ふ》き出てきて、うっとうしい学校の廊下《ろうか》を、雪の嵐《あらし》の世界へ、まばゆいばかりの猛吹雪《もうふぶき》の世界へと変えていった。それは、光りかがやく爆発《ばくはつ》だった。

小麦粉は、いったん舞《ま》い上がると、踵《かかと》の深さにまで積もっていった。だれが世話をするのか？　サイモンはしない。責任《せきにん》をもって世話をするのには、まだたっぷりと時間がある。もっと大人になったときでいいのだ。そして、そのときがきたら、いつもよい父親でいるのだ。しかし、それは今ではない。今はまだ若《わか》すぎる。今は、気力があふれていて、なんでもやれるときなのだ。はるか遠くにあるサイモンの未来は、明るく広がっているのだ。

バウム……、バウム……

小麦粉が吹雪《ふぶき》のように白く乱《みだ》れ舞《ま》う中で、サイモンは勝ちほこって両手をあげた。サイモンは、父親と同じまちがいはしないであろう。父親は、年もいかないうちに自分自身をがんじがらめにして、あとになって自分の人生を取りもどそうとして家を出た。そのため、その子どもは、顔も知らないまま自分勝手に想像《そうぞう》した青い目の父親に話しかけながら、毎日ウィルバーフォース通りをだらだらと歩くこととなった。

サイモンは、そういうことはしない。絶対《ぜったい》にしないだろう。子どもの世話ができるまで、待つだろう。そして、いつか、もうだいじょうぶだと思えるときがきたら……。

バゥム……、バゥム……

小麦粉が雨のように降《ふ》りかかってくる。小川のようにサイモンを伝って流れる。渦巻《うずま》くようにサイモンのまわりで舞《ま》い上がる。サイモンは、雪だるま、雪男、歩く雪崩《なだれ》のようだ。

バゥム……、バゥム……

サイモンは、ずたずたに裂《さ》けていく小麦粉ぶくろに当たり散らし、この三週間のうっぷんを晴らしていた。「フラワー・ベイビーをその辺に置きっぱなしにしないで、サイム」、「気をつけて」、「本当にフラワー・ベイビーは安全なところにいるの？」と言われ続けたが、お母さんはあのとき、週に一回バドミントンにサイモンを連れていったときにも、そのように心配していたのだろうか。けれどサイモンは、バルコニーから身を乗り出して文句《もんく》を言っていたのだ。なぜ、あのように言ったのだろうか。

バゥム……、バゥム……、バゥム……

どんどんふくろが引き破《やぶ》られ、小麦粉の雨が降《ふ》りまくる。お母さんは聖人《せいじん》だった。サイモンは花を贈《おく》るだろう。サジッドを脅《おど》して、あくどくもうけたお金からいくらか借り、赤いバラの花を一ダース贈《おく》るだろう。お母さんは、そうされるだけのことをしているのだ。

サイモンは、床《ゆか》に積もった小麦粉の中に手を肘《ひじ》まで深く入れ、まだいくつか残っているフラワー・ベイビーを手に取った。そして、縫《ぬ》い目のところから引き裂《さ》き、ふくろをふって小麦粉をあたりにまき散らす。サイモンはとても楽しかった。じゃまする者などいなかった。永遠《えいえん》に、毎日反省室行きということになるかもしれない。けれど、たいしたことではない。たった一日一時間ではないか。たった今、やっとの思いで逃《に》げてきたものとくらべたら、どうってことはない。

サイモンはがまんができなくなり、大声で歌い出した。

いざそろい　船の帆《ほ》上げよ　吹《ふ》く風が　われを見つけむ
進み行け　青き海原《うなばら》　かがやける　波は静かに

力強い声が、小麦粉の嵐《あらし》の中でひびきわたる。手にあふれるばかりの小麦粉をすくい上げると、ぱぁーっとまき散らした。白、そして白の世界。サイモンは運がよかった！

重き荷と　悩《なや》みすべてを　投げ捨《す》てつ

と、サイモンは歌う。

われは誓《ちか》う　再《ふたた》びそれを　背負《せお》わぬと

小麦粉が、強い南西の風のように吹《ふ》き上がった。

船を出せ　新たな思い　燃《も》え立てる　日の出目指さむ

歌声はどんどん大きくなっていく。サイモンは罠《わな》にかからなかった。罰《ばつ》はくらうかもしれない。けれど、罠《わな》にかからなかったのだ。いつか責任《せきにん》を果たさねばならなくなるときは来るだろうが、それまでには、まだたっぷり時間がある。

別れ告ぐ　愛《いと》しき者へ　諸共《もろとも》に　陽気にならむ

小麦粉は廊下《ろうか》の曲がり角のところまで広がっていて、その布《ぬの》ぶくろのほとんどが、小麦粉の下に埋《う》もれてしまった。四—Cのクラスがサイエンス・フェアに出す展示《てんじ》品は、あとかたもなく消え去っていた。でも、まあいい。ともかくみんな、いろいろと学んだのだから。

美しい声が高くひびきわたった。

彼《か》の輩《やから》　身を落ち着かせ　いとおしむ　柔和《やわ》き赤子を

最後の一蹴《け》りを入れると、サイモンはそこを立ち去った。

わが心　そびゆる大船　強き風　間近に迫《せま》り

マーティン・サイモンは、トイレに行くのにも、歩きながら『アーサー王と聖杯《せいはい》の物語』を読んでいた。最後のページを読み終わらせようとしていたが、ある一文のところにくると、ふと顔を上げた。そのとき、

「ここに、その動じることを知らぬ勇気の源《みなもと》がある」

と、思わずその一文を小声で口ずさんでしまった。というのは、自分の目の前に、だれか、背《せ》が高く雄々《おお》しい者がいるようなのだ。だれかが、純白《じゅんぱく》の光を放つ騎士《きし》のように歩いてくるようなのだ。

マーティン・サイモンは、壁《かべ》にはりつくようにして、歌いながら大股《おおまた》に歩いてくるサイモン・マーティンをやり過《す》ごした。

この放浪癖《ほうろうへき》のある生徒をとっつかまえようと、かっかとしながら廊下《ろうか》をやってきたカートライト先生は、天井《てんじょう》や壁《かべ》を荘重《そうちょう》にひびかせる、燦然《さんぜん》とかがやくようなテノールの声を耳にした。次いで、通りすぎようとする若者《わかもの》の姿《すがた》に、高くそびえる白い帆船《はんせん》が開かれた世界へと出港していくさまを見て、思わず敬意《けいい》をはらい、後ろに身を引いたのだった。

訳者《やくしゃ》あとがき

なぜなんだ?

自分のせいなのか?

自分がこの世に生まれてきたために、ああいうことになってしまったのか?母親がそれを否定《ひてい》し、過去《かこ》をしまいこもうとすればするほど、サイモンは納得《なっとく》のいく答えを見つけようとやっきとなる。自分が生まれてまだ間《ま》もないころ、口笛を吹《ふ》きながらふらりと家を出て行ってしまった父親。その心を、本当のことを知りたく思うのだった。サイモンにとって、過去《かこ》とは「今のこの自分よりも、もっともっと大切なもの」であり、それを求め、そして最後にそれを手にする姿《すがた》は、聖杯《せいはい》(キリストが最後の晩餐《ばんさん》のときにワインをそそいだといわれる聖《せい》なる杯《さかずき》)をさがしあて栄光に包まれるアーサー王の騎士《きし》の一人ガラハッド卿《きょう》とみごとに重なりあう。

そもそもサイモン・マーティンは、大の勉強ぎらい。学校は、彼《かれ》にとっては牢獄《ろうごく》のようなもの。一応《いちおう》男子校に通ってはいるが、学校では何事にも無関心で遅刻《ちこく》の常習犯《じょうしゅうはん》。宿題はいっさいやらず、いつも規則《きそく》を無視《むし》し、反省室送りとなる。そのような生徒なのである。

当然、担任《たんにん》のカートライト先生をはじめとしてどの先生からも、もてあまされている。しかし、ひとたびサッカー・フィールドに出れば彼《かれ》はスター的存在《そんざい》で、また飛びぬけて背《せ》が高く腕力《わんりょく》もあることから、同級生からは一目《いちもく》置かれている。

騒《さわ》ぎは、八月の新学年が始まった早々に起こった。例年、学年初めのこの時期に、学校ではサイエンス・フェアが開催《かいさい》される。勉強のできない生徒が集められたサイモンのクラスは、よりによって、小麦粉の入っているふくろを赤んぼうとみなし、世話をするという〈フラワー・ベイビー〉のプロジェクトをやる羽目になってしまった。〈カスタード・ソース缶《かん》の爆発《ばくはつ》〉や〈石鹼工場《せっけん》〉、〈ウジ虫の飼育場《しいく》〉などのおもしろいプロジェクトは、彼《かれ》らには危険《きけん》だからという理由で許可《きょか》が出ないのだ。「こんなの、女子がやるもんだ」と不満たらたらのクラスメート。

サイモンも、初めのうちは、プロジェクトの最終日にクラス全員の小麦粉のふくろをずたずたにキックできることを唯一《ゆいいつ》の楽しみにしていたにすぎなかった。けれど、世話をし、連れまわして行くうちに、サイモンはしだいに自分のフラワー・ベイビーに愛着を覚えるようになる。あてがわれたフラワー・ベイビーの日記を毎日つけるにつけ、サイモンは父親のこと、母親のこと、自分、そして人間というものを深く考えていく。

そして最後に、彼《かれ》は父親の行動を理解《りかい》するにいたる。それはとりもなおさず、自分自身を肯定《こうてい》することであった。『フラワー・ベイビー』は、青年期に入ったばかりの主人公が己《おのれ》の過去《かこ》を探求《たんきゅう》し、悩《なや》み、ついには自己を確立《かくりつ》するにいたる物語といえよう。

しかし、フラワー・ベイビーから人生の大切なものを学んだのは、一人サイモンだけに限《かぎ》ったことではなかった。彼《かれ》を取りまく少年たちも、それぞれ何かしらを知り得ることができたのである。それは大人のうさん臭《くさ》さであったり、親になることの大変さであったり、人生の陥穽《かんせい》に対する警戒心《けいかいしん》であったり、あるいは自分でも気づかないでいた性格《せいかく》であったりとさまざまである。それらを通して、今や彼《かれ》らは、力強く大人への一歩をふみ出そうとしている。

とはいえ、それは無自覚であり、彼《かれ》らの学校生活は、実に生き生きとして活気に満ちている。少年たちは、それぞれの特殊《とくしゅ》な境遇《きょうぐう》などものともせず、不満を言い、なまけ、ぶつかり、そして笑いころげながら、一日一日を切り抜《ぬ》けていく。読者は、少年たちの会話、教師《きょうし》とのやりとりを追うだけでも、十分この作品を楽しめることであろう。

本書『フラワー・ベイビー』は、一九九三年、イギリスの数ある児童文学賞の中でも最も高く評価《ひょうか》されているカーネギー賞をみごと獲得《かくとく》した作品である。そのほか、同年ウィットブレッド児童文学賞を、翌年《よくねん》にはアメリカにおいて学校図書新聞最優秀賞《さいゆうしゅう》など三つの賞を受賞しており、「おもしろおかしく、そして感動的な、自己《じこ》成長の物語」とガーディアン紙の書評《しょひょう》で絶賛《ぜっさん》されたように、作者の並々《なみなみ》ならぬ才能《さいのう》が遺憾《いかん》なく発揮《はっき》された、自他ともにみとめる代表作の一つとなっている。

作者のアン・ファインは、一九四七年、イギリス中部のレスターシャーに生まれる。三歳《さい》のときには、自分で本を作って遊ぶほど本好きで、家の事情《じじょう》で二年ほど早く小学校に入ってからは、ただひたすら本を読み、またお話を書くことを楽しみとした。長じて、ウォーリック大学で史学と政治《せいじ》学を学んだのち、女学校や刑務《けいむ》所の教師《きょうし》、保健《ほけん》所の秘書《ひしょ》などの職《しょく》についた。結婚《けっこん》し子どもが生まれてからは育児に専念《せんねん》することとなったが、このときに作家としてのアン・ファインが誕生《たんじょう》したのである。いつも本を手放せないでいたアン・ファインは、吹雪《ふぶき》のため図書館に行けなくなり、いたたまれない気分になってしまった。それならばと、気持ちをふるいたたせようと数週間で真夏の物語を書き上げたという。のちにこの作品はガーディアン紙の児童文学コンクールに応募《おうぼ》され、賞は逸《いっ》したものの、一九七八年に処女《しょじょ》作 *The Summer House Loon*（「サマーハウスのろくでなし」）として出版《しゅっぱん》されるにいたった。

それ以来、アン・ファインは旺盛《おうせい》な執筆《しっぴつ》活動を続け、二度のカーネギー賞、ガーディアン賞をはじめとする数々の賞を受賞し、今や世界的に著名《ちょめい》な児童文学作家となった。その作品数は現在《げんざい》五十冊《さつ》をこえ、多くの作品がドイツ語、フランス語、日本語など三十ほどの言語に翻訳《ほんやく》されている。代表作は『フラワー・ベイビー』のほか、*Up On Cloud Nine*（「九つめの雲の上で」）－中学・高校生向け。カーネギー賞選外優秀《ゆうしゅう》作品。二〇〇二年）、『チューリップ・タッチ』（*The Tulip Touch* 評論社刊。中学・高校生向け。ウィットブレッド児童文学賞受賞、カーネギー賞選外優秀《ゆうしゅう》作品。一九九五年）、『ぎょろ目のジェラルド』（*Goggle-Eyes* 講談社刊。カーネギー賞受賞、ガーディアン賞受賞。一九八九年）など。

また、二〇〇一年五月から二〇〇三年五月までの二年間、当代随一《ずいいち》の児童文学作家として、「桂冠《けいかん》児童文学作家 The Children's Laureate」の栄誉《えいよ》によくし、多くの子どもたちが本に親しむことを目的とした「わたしの図書室づくり」などのプロジェクトを企画《きかく》実行した。

最後に訳者として。

アン・ファインのこの優《すぐ》れた作品を日本のみなさまに紹介《しょうかい》することができましたこと、とてもうれしく思います。『フラワー・ベイビー』は十代の読者向けに書かれたものながら、年齢《ねんれい》に関わりなく読むに値《あたい》する内容となっています。教育や青少年の心理に関心を持たれている方、思春期のお子さんを持たれている方、そしてみずみずしい「子どもの心」というものを持ち続けておられる方にも、ぜひ一読していただければと願ってやみません。

墨川博子《すみかわひろこ》

二〇〇三年夏

著者：アン・ファイン　Anne Fine
1947年、イギリスのレスターシャー生まれ。ウォーリック大学卒業。中学校教師や刑務所教師などを経て、1978年に作家デビュー。現代イギリスを代表する児童文学作家として、高い評価を得ている。主な邦訳作品に、『ぎょろ目のジェラルド』（カーネギー賞・ガーディアン賞受賞／講談社）、『初恋は夏のゆうべ』『妖怪バンシーの本』（ともに講談社）、『キラーキャットのホラーな一週間』『それぞれのかいだん』（ともに評論社）など。本書『フラワー・ベイビー』で、２度目のカーネギー賞を受賞している。

訳者：墨川博子（すみかわ・ひろこ）
東京生まれ。お茶の水女子大学大学院、ワシントン大学大学院修了。専攻は哲学、教育思想史、比較思想史。専門学校、短大などで教職についたのち、現在はテキサス州ヒューストンで小論文の指導に携わる。一子を得てから子ども向けの本に関心を持ち、本書が初の児童文学の訳書となる。

■評論社の児童図書館・文学の部屋

フラワー・ベイビー

二〇〇三年一一月一〇日　初版発行
二〇二〇年　八月一〇日　一〇刷発行

●――著　者　アン・ファイン
●――翻訳者　墨川博子《すみかわひろこ》
●――発行者　竹下晴信
●――発行所　株式会社評論社
〒162-0815　東京都新宿区筑土八幡町二-二一
電話　営業　〇三-三二六〇-九四〇九
　　　編集　〇三-三二六〇-九四〇三
振替　〇〇一八〇-一-七二九四
●――印刷所　凸版印刷株式会社

ISBN978-4-566-01358-2　NDC933　262p.　201㎜×150㎜
http://www.hyoronsha.co.jp

評論社のヤングアダルト傑作選

第53回青少年読書感想文全国コンクール課題図書

ぼくたちの砦

エリザベス・レアード 作
石谷尚子 訳

イスラエル占領下のパレスチナ。瓦礫の山を片づけてつくったサッカー場が、ぼくたちの〝砦〟! いつか自由を、と願いながら明るく生きる少年たちの物語。

328ページ

第54回青少年読書感想文全国コンクール課題図書

兵士ピースフル

マイケル・モーパーゴ 作
佐藤見果夢 訳

いつでもぼくは、兄のチャーリーといっしょだった。故郷の村でも、そして戦場でも……。第一次世界大戦時のある兄弟の運命を描く、胸を打つ物語。

232ページ

ウルフィーからの手紙

パティ・シャーロック 作
滝沢岩雄 訳

ベトナム戦争時のアメリカ。マーク少年は、愛犬ウルフィーを軍用犬として差し出すことに決めた。やがて、ウルフィーの名前で手紙が届き始めて……。

352ページ

チューリップ・タッチ

アン・ファイン 作
灰島かり 訳

あたしはチューリップに会って、そして離れられなくなった。二人して友だちを傷つけ、大人たちをからかった……。現代の少女の心の闇を描きつくす問題作!

232ページ